基于 VHDL 与 Quartus II 软件的可编程逻辑器件应用与开发

（第 2 版）

郑 燕　赫建国　编著

国防工业出版社

·北京·

图书在版编目(CIP)数据

基于 VHDL 与 Quartus II 软件的可编程逻辑器件应
用与开发/郑燕,赫建国编著. —2 版. —北京:国防
工业出版社,2011.4
ISBN 978-7-118-07356-0

I.①基… II.①郑… ②赫… III.①硬件描述语言,
VHDL—程序设计 IV.①TP312

中国版本图书馆 CIP 数据核字(2011)第 038737 号

※

国防工业出版社出版发行
(北京市海淀区紫竹院南路 23 号 邮政编码 100048)
北京奥鑫印刷厂印刷
新华书店经售
*
开本 787×1092 1/16 印张 15¾ 字数 384 千字
2011 年 4 月第 2 版第 1 次印刷 印数 1—4000 册 定价 33.00 元

(本书如有印装错误,我社负责调换)

国防书店:(010)68428422 发行邮购:(010)68414474
发行传真:(010)68411535 发行业务:(010)68472764

第 2 版前言

在本书第 1 版出版之后的这些年里,无论 ALTERA 公司生产的可编程逻辑器件芯片,还是 Quartus Ⅱ 开发软件都取得了许多进展。本书在原来的基础上,根据当前的进展做了修改,并根据本书在使用中的情况,添加了一些内容。

第 1 章介绍 ALTERA 公司生产的可编程逻辑器件芯片中,采用 EP2C35F672C-6 芯片代替了 EPF10K10LC84-4 芯片,因为后者已经停产。EP2C35F672C-6 芯片具有更多的逻辑资源,同时提供了 EPF10K10LC84-4 芯片没有的锁相环(PLL)和内嵌乘法器模块,另外该芯片还支持 Nios Ⅱ 软核处理器系统。

第 2 章采用 Quartus Ⅱ version 9.0 介绍开发软件的使用。新的版本不仅支持更多的可编程逻辑器件芯片的开发,提供更多的电路功能模块,而且能够使用较少的逻辑资源实现所要求的应用系统功能。

由于对使用的可编程逻辑器件芯片和开发软件进行了修改,因此,对后继章节的相关内容也做了相应的调整。

第 2 版添加了时钟产生电路一章。这一章介绍了能够产生较高时钟频率稳定度的晶体时钟产生电路;介绍了现场可编程阵列器件的片内锁相环模块的使用。

第 2 版还添加了 ALTERA 公司提出的数字系统 SOPC(System On Programmable Chip, SOPC)解决方案。该方案使得处理器能够配置到现场可编程阵列器件之中,这样的处理器被称作为 Nios Ⅱ 软核处理器。这种解决方案使得一块芯片将同时获得基于 VHDL 设计的可编程逻辑器件应用电路具有数据传送速度快的优点和基于 C 语言设计的微处理器应用电路具有数据处理能力强的优点。

朱旭花、赵林森和郑慧娟以及刘娟同志参与了本书的编写工作,在这里向他们表示衷心的感谢。

书中源代码可从 www.ndip.cn 网站下载。

编著者
2011 年 1 月

前　言

　　随着集成电路制造技术的发展,在一块芯片上制造的元件越来越多。集成电路规模的扩大为新的电路设计方法提供了物质基础。

　　作为传统数字系统设计中使用的主要器件,标准逻辑器件已经使用了 30 多年。标准逻辑器件对于研究数字系统基本构成模块的工作原理具有重要的意义,它在许多基础的理论和实验教学课程中仍然占据重要的位置。"数字电路逻辑设计"课程目前仍然以标准逻辑器件为主进行讲授。

　　基于标准逻辑器件的数字电路设计过程包括:定义输入和输出变量;写出描述输入信号和输出信号之间关系的真值表;由真值表可以写出描述电路工作的布尔表达式;利用布尔表达式就可以用逻辑门符号画出电路图;选择合适的数字集成电路器件组装实际电路。读者也许有这样的体会,组装实际电路的过程最麻烦,既费时间又容易出错误。如果需要修改电路功能,电路还必须重新组装。

　　可编程逻辑器件能使组装电路这个繁琐的步骤借助计算机和相关的开发软件来完成,因此现在许多数字系统采用可编程逻辑器件实现以提高设计效率,同时由于使用的器件数量的减少也提高了系统的可靠性。本书完整地介绍了基于可编程逻辑器件设计应用系统所需要的基础知识以及利用这些基础知识来设计一个应用系统的过程。

　　本书是在作者多年来参与全国大学生电子设计竞赛的赛前学生训练、竞赛指导工作以及电子线路课程教学改革经验总结的基础上编写的,在赛前学生训练的教学过程中改革了以往课程的授课方式,通过一系列具有明确目的的设计任务来组织教学。通过合理地安排这些设计任务,把学生感到困难的教学内容进行分解,把一个高的台阶分解成若干个小的台阶,同时,方便学生从开始上课就接触实际的电路组装和软件编程,使其立刻就能体会到成功的喜悦,提高学习的兴趣。

　　教学中使用的可编程逻辑器件芯片为 ALTERA 公司生产的 EPM7128SLC84 – 15 芯片和EPF10K10LC84 – 4 芯片。采用这两种芯片进行教学是因为 EPM7128SLC84 – 15 芯片属于复杂可编程逻辑器件(CPLD)类型,EPF10K10LC84 – 4 芯片属于现场可编程门阵列器件(FPGA)类型,同时它们的包装形式都具有 PLCC 形式,这种包装形式的芯片由于安装在管座上,便于拆装。

　　ALTERA 公司是著名的可编程逻辑器件生产厂家,它的产品在我国,尤其在高校的教学中获得广泛应用。ALTERA 公司的可编程逻辑器件具有高性能、高集成度和高性价比的优点,此外,该公司还提供了功能全面的开发工具,例如获得广泛使用的 MAX + PLUS Ⅱ 开发软件。本书将要介绍的 Quartus Ⅱ 是 ALTERA 公司新的开发软件,它是该公司前一代可编程逻辑器件的集成开发软件 MAX + PLUS Ⅱ 的更新换代产品。

　　本书的内容不仅包括了许多任课教师的教学经验,也包括了许多学生的学习经验。在与同学们一起共同的学习过程中，我们教授给同学们知识，同时也从同学们那里学习到很多东西。书中的许多硬件电路和软件程序也是同学们参与设计和调试的，在这里向张伟、段高飞、闫兰珍、蔡晓云和张侠等同学表示衷心的感谢。

由于时间仓促，水平有限，书中难免存在疏漏或不妥之处，欢迎读者批评指正。

在多年的教学和全国大学生电子设计竞赛的赛前参赛学生训练中，得到了西安邮电学院和学院许多老师的支持和帮助，在这里向他们表示衷心感谢。在本书的编写过程中，也参考了许多专家和学者的著作和研究成果，在这里也向他们表示衷心的感谢。

本书的编写目的是为希望提高工程设计能力的学生以及准备参加全国大学生电子设计竞赛的学生提供一本训练指导书，它也可以作为高校相关专业的教材和工程技术人员的参考书。由于对课时、实验室设备等教学条件的考虑，本书在 Quartus II 可编程逻辑器件的集成开发软件和 VHDL 内容的完整性方面可能有所欠缺，加之作者的水平有限，书中的错误与不妥在所难免，敬请读者批评指正。E – mail：jtwang @ ndip. cn

目 录

第1章 可编程逻辑器件

目 标

通过本章的学习,应掌握以下知识:

● 数字电路和系统的特点
● 常用数字集成电路的种类和它们的特点
● 数字电路的各种描述方法
● 组合逻辑电路
● 时序逻辑电路
● 基于标准逻辑器件的数字电路的设计步骤
● 可编程逻辑器件的分类
● 可编程逻辑器件内部电路的描述
● 简单可编程逻辑器件
● 复杂可编程逻辑器件(Complex Programmable Logic Device,CPLD)
● 现场可编程门阵列(Field Programmable Gate Array,FPGA)器件

引 言

按照所处理的信号,应用系统可以被划分为数字系统和模拟系统。数字系统具有容易设计、整个系统的准确度以及精度容易保持一致、信息存储方便、抗干扰能力强等优点。采用数字技术面临的最大问题是在现实世界中存在的信号主要以模拟量的形式存在,另外处理数字信号需要花费较多的时间。

数字电路和数字技术具有较多的优点,它在计算机、电信设备、自动化装置、医疗设备以及家用电器等几乎所有的生产和生活领域中获得广泛应用。实际应用的需求促进了数字技术的发展,这些发展包括描述数字系统和数字电路的方法和用来实现这些方法的技术。新方法和新技术的不断出现向我们提出这样问题,在何种程度上,我们是仅仅只学习新方法,还是设法用老方法去解决新问题。

本章首先对当前用于设计数字电路和系统的主要器件的特点进行讨论;接着对在"数字电路逻辑设计"课程中学习的基于标准逻辑器件对数字电路进行分析和设计的方法进行回顾;然后介绍了一种新的技术——采用可编程逻辑器件设计数字电路,这种技术克服了标准逻辑器件电路可靠性低、修改电路设计困难的缺点;最后介绍可编程逻辑器件的基本工作原理和ALTERA 公司生产的可编程逻辑器件。

1.1 数字集成电路的分类

尽管本书的主要目的是讨论如何利用可编程逻辑器件实现要求的设计功能,但是考察可

供选择的各种器件对数字系统的设计者来说还是有益的,因为它有助于我们更好地理解所有可供选择的方案,同时我们也可以意识到虽然描述数字系统和数字电路的方法和用来实现这些方法的技术在不断变化,但是作为理论基础的基本原理并没有改变。

现代数字系统中所使用的数字电路几乎都是集成电路。使用集成电路实现系统功能比使用分立元件具有电路体积小,可靠性高等优点。从 20 世纪 60 年代开始,数字集成电路在集成度方面的发展经历了以下 4 个阶段:包含几十到几百个逻辑门的小规模集成电路(Small Scale Integration,SSI);包含几百到几千个逻辑门的中规模集成电路(Medium Scale Integration,MSI);包含几千到几万个逻辑门的大规模集成电路(Large Scale Integration,LSI);包含几万个以上逻辑门的超大规模集成电路(Very Large Scale Integration,VLSI)。

在工作原理方面,数字集成电路又可以被划分为标准逻辑器件、微处理器和专用集成电路。

1.1.1 标准逻辑器件

标准逻辑器件在集成度方面属于中小规模集成电路。它包括各种逻辑门、触发器、译码器、多路选择器、寄存器和计数器等器件。标准逻辑器件有 3 种主要类型:TTL、CMOS 和 ECL。TTL 是一种成熟的技术,新的系统设计已经很少采用 TTL 逻辑器件,但是正在运行的系统中仍然包含这种器件。CMOS 器件是当前最流行的标准逻辑器件,它的优点是功耗低。ECL 器件主要用于高速系统中。

作为传统数字系统设计中使用的主要器件,标准逻辑器件已经使用了 40 多年。标准逻辑器件的产量很大,因此它们的生产成本低廉,价格便宜。如果在设计不很复杂时,这些器件仍然是有用的。标准逻辑器件对于研究数字系统基本构成模块的工作原理具有重要的意义,它在许多基础的理论和实验教学课程中仍然占据重要的位置。"数字电路逻辑设计"课程目前仍然以标准逻辑器件为主进行讲授。在 1.2 节一起回顾"数字电路逻辑设计"课程的内容,并以此为基础讨论可编程逻辑器件的工作原理。

标准逻辑器件由于集成度较低,采用它们设计数字系统需要较多的器件,这就使得电路连线复杂,系统的可靠性降低。由于用户无法修改这类器件的功能,修改系统设计必须通过对电路重新设计和组装来实现。

1.1.2 微处理器

数字技术已经进入众多的技术领域,其中数字计算机是最著名和应用最广泛的。尽管计算机影响了人类生活的许多方面,但是许多人并不完全知道计算机能干些什么。简单地说,计算机是一个能完成算术运算、逻辑运算、数据处理和做出判断的数字系统。

个人计算机(PC)是最常见的计算机,它由一些数字集成电路芯片组成,这些芯片包括微处理器芯片、存储器芯片以及输入/输出(I/O)接口芯片等。在大多数情况下,凡是人能干的,计算机都能干,而且计算机还能做得更快更精确。尽管事实上计算机每次只能完成所有计算中的一步,但是计算机完成每一步的速度非常快,它的高速度弥补了它的低效率。

计算机依靠所运行的软件(程序)来完成工作。这个软件是人们给计算机的一组完整的指令,指令告诉计算机其操作的每一步应该干什么。这些指令以二进制代码的形式存储在计算机的存储器中,计算机从存储器中一次读取一条指令代码,并完成由指令代码指定的操作。

通过编写软件可以控制计算机完成不同的工作,这个特点使得设计灵活性得到提高。当修改系统设计时,设计者只需要改变软件,不需要或者较少需要修改电路连线。由于计算机一次只能执行一条指令,因此,它的主要局限性是工作速度。采用硬件方案设计的数字系统总是比软件方案设计的数字系统工作速度快。

集成电路制造工艺的发展使得在一个芯片上制造大量的数字电路成为可能,这也促进了计算机技术的发展。把计算机中的微处理器芯片、存储器芯片以及输入/输出接口芯片等做在一块芯片上就形成了单片机,有的文献上它也被称作为微控制器。这种单芯片的微控制器的性能价格比是非常高的,它在工程中应用非常广泛,例如,仪表控制、数控机床、自动提款机、复印机、汽车的防抱死制动系统(ABS)、医疗设备等。

1.1.3　专用集成电路

专用集成电路(Application Specific Integrated Circuit,ASIC)的出现在一定程度上克服了上述两种逻辑器件的缺点。专用集成电路是为满足一种或几种特定功能而专门设计和制作的集成电路芯片,它的集成度很高,一片专用集成电路芯片甚至可以构成一个完整的数字系统,因此,这使得系统的硬件规模进一步降低,可靠性进一步提高。

专用集成电路可以分为全定制(Full Custom)产品、半定制(Semi Custom)产品和可编程逻辑器件(Programmable Logic Device,PLD)。

1. 全定制产品

全定制产品是指专为特定目的设计、制造的集成电路芯片,例如,电视机、电话等设备中大量使用的专用集成电路芯片。这类产品的设计是从晶体管的版图尺寸、位置和相互连线开始进行,其目的是达到半导体芯片面积利用率高、工作速度快、功耗低的优良性能。专用集成电路芯片的制作过程包括电路设计、逻辑模拟、版图设计和集成电路的全部生产工序。全定制产品的性能优越,但是它的设计制造成本高、周期长、同时还具有较大的风险,因此,该产品仅适用于需要进行特大批量生产的情况。

2. 半定制产品

半定制产品内部包含基本逻辑门、触发器和具有特定功能的逻辑块所构成的标准单元。这些标准单元是由器件生产厂家预先做好,但是标准单元之间的连线有待按用户要求进行连接。应用半定制产品时,用户需要根据设计要求选择合适的产品,再由产品的结构设计出连线版图,最后交给生产厂家完成各个标准单元之间的连线。

3. 可编程逻辑器件

全定制产品和半定制产品的使用都离不开器件生产厂家的支持,这给用户带来很多麻烦。用户希望自己能设计专用集成电路芯片,并且能立即投入到实际应用中,而且在使用中也能比较方便地对设计进行修改。可编程逻辑器件就是为满足这一需求而产生的。可编程逻辑器件内的电路和连线都是事先由器件生产厂家做好,但是其逻辑功能并没有确定。逻辑功能的确定可以由设计者借助于开发工具,通过编写软件的方法来实现。可编程逻辑器件的工作速度与标准逻辑器件工作速度相当,但目前使用它们实现信号处理比使用微处理器要复杂,而且使用成本较高。

1.2　标准逻辑器件基础知识

标准逻辑器件是目前大学"数字电路逻辑设计"课程中用来实现数字系统的主要器件。"数字电路逻辑设计"课程中介绍的数字电路描述方法不仅适用于由标准逻辑器件组成的电路,而且也适用于在本书将要学习的由可编程逻辑器件组成的电路。

1.2.1 数字电路的描述

数字电路也称逻辑电路。数字电路的任意一个输入和输出信号仅存在两种可能的状态:高电平或者低电平。由于二进制数也只用两个数字:0 和 1,因此,它适合用来表示数字信号。布尔代数是一种描述逻辑关系的数学工具,利用这种数学工具,数字电路输入和输出之间的关系可以用代数方程(布尔表达式)来描述。布尔代数中的数只有两种可能的取值,与普通代数相比,布尔代数容易计算。布尔代数仅有 3 种基本运算:与(AND)、或(OR)和非(NOT)。

布尔代数不仅可以作为分析和简化数字电路的工具,而且也可以作为数字电路的设计工具,用来设计满足给定输入和输出之间的关系的逻辑电路。用于数字电路分析与设计的其他方法还包括真值表、电路图、时序图以及本书将要讨论的硬件描述语言。如果对这些描述方法进行分类,则可以认为:布尔代数是利用数学表达式来描述电路输入和输出之间的关系;真值表是利用数字来描述电路输入和输出之间的关系;电路图是利用符号来描述电路输入和输出之间的关系;时序图是利用信号波形来描述电路输入和输出之间的关系;硬件描述语言(Hardware Description Language,HDL)是利用文本来描述电路输入和输出之间的关系。

下面以交通灯的控制电路为例形象地回顾"数字电路逻辑设计"课程中讲述的数字电路描述方法。这里交通灯的控制电路控制东西和南北两个方向的信号灯,每个方向的信号灯包括红、黄和绿 3 盏灯。为方便行人,该系统还包括通行/等待时间显示。交通灯一个循环周期包括 16 个状态,对于每个方向红灯占 8 个状态、绿灯占 7 个状态、黄灯占一个状态。上述对交通灯的控制电路的要求可以使用真值表进行描述,真值表如表 1 - 1 所列。

表 1 - 1　交通灯的控制电路真值表

状态	输入 $X_3\ X_2\ X_1\ X_0$	东 西 方 向			南 北 方 向			时间显示
		红	黄	绿	红	黄	绿	
1	0000	0	0	1	1	0	0	7
2	0001	0	0	1	1	0	0	6
3	0010	0	0	1	1	0	0	5
4	0011	0	0	1	1	0	0	4
5	0100	0	0	1	1	0	0	3
6	0101	0	0	1	1	0	0	2
7	0110	0	0	1	1	0	0	1
8	0111	0	1	0	1	0	0	0
9	1000	1	0	0	0	0	1	7
10	1001	1	0	0	0	0	1	6
11	1010	1	0	0	0	0	1	5
12	1011	1	0	0	0	0	1	4
13	1100	1	0	0	0	0	1	3
14	1101	1	0	0	0	0	1	2
15	1110	1	0	0	0	0	1	1
16	1111	1	0	0	0	1	0	0

把真值表中使输出为 1 的输入状态进行或运算就可以得到描述电路输出和输入之间的关系的布尔表达式。以东西方向的绿灯为例,描述输出和输入之间关系的布尔表达式为

$$Y_{东西-绿灯} = \overline{X}_3 \, \overline{X}_2 \, \overline{X}_1 \, \overline{X}_0 + \overline{X}_3 \, \overline{X}_2 \, \overline{X}_1 \, X_0 + \overline{X}_3 \, \overline{X}_2 \, X_1 \, \overline{X}_0 + \overline{X}_3 \, \overline{X}_2 \, X_1 \, X_0 + \qquad (1-1)$$
$$\overline{X}_3 \, X_2 \, \overline{X}_1 \, \overline{X}_0 + \overline{X}_3 \, X_2 \, \overline{X}_1 \, X_0 + \overline{X}_3 \, X_2 \, X_1 \, \overline{X}_0$$

由上面的布尔表达式可以看出,通过对输入信号进行与、或和非这 3 种布尔代数的基本运算就能获得需要的输出。

布尔表达式可以通过化简获得一个比较简单的形式。简单的形式可用简单的电路来实现,这个简单电路与原电路在功能上等效,但是使用较少的器件,包含较少的连线。进一步来看,这样也提高了电路的可靠性,因为相互之间的连线减少,减少了可能的潜在电路故障。常用的化简方法有代数法和卡诺图法两种。化简以后的布尔表达式为

$$Y_{东西-绿灯} = \overline{X}_3 \, \overline{X}_2 + \overline{X}_3 \, \overline{X}_1 + \overline{X}_3 \, \overline{X}_0 \qquad (1-2)$$

1.2.2 组合逻辑电路

当一个电路的逻辑功能用布尔表达式给出时,具体的逻辑电路图则可以直接由表达式画出。例如,如果需要一个电路具有 $Y_1 = X_1 \cdot X_2 \cdot X_3$ 的逻辑功能,我们就立即想到可以使用一个 3 输入与门;如果需要一个实现 $Y_2 = X_1 + \overline{X}_2$ 的逻辑电路,则可以首先使用一个非门实现输入变量 X_2 的反变量,再使用一个 2 输入的或门。适用于这些简单例子的原理可以推广到复杂的电路。

如果要设计一个电路以实现布尔表达式(1-2)所描述的逻辑功能,由于这个表达式包括 3 个与运算($\overline{X}_3 \, \overline{X}_2$、$\overline{X}_3 \, \overline{X}_1$ 和 $\overline{X}_3 \, \overline{X}_0$)的或运算,因此首先需要一个 3 输入的或门。3 输入或门的每一个输入都是电路输入信号的与运算,每一个与运算可以由 2 输入的与门来实现。完整的电路如图 1-1 所示,图中的非门用来产生输入变量的反变量。

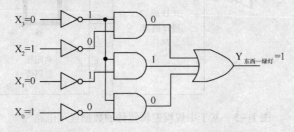

图 1-1 由布尔表达式画出逻辑电路图

当给定逻辑电路的输入信号,它的输出信号可以由电路直接确定,而不必利用布尔表达式进行计算。图 1-1 所示的逻辑电路图中给出输入信号为 $X_3 = 0$,$X_2 = 1$,$X_1 = 0$,$X_0 = 1$,从电路的输入开始分析,经过每一级门电路,逐级写出各级门电路的输出值,直到获得最终的输出值。技术人员在故障检修和系统测试时经常使用这个方法,因为这可以告诉技术人员每个门的输出以及电路最终的输出。

电路的完整时序图可以采用图 1-1 所示的方法画出,电路输入信号 X_0、X_1、X_2 和 X_3 从 0000 变到 1111,求取每一组输入对应的输出。输出信号 $Y_{东西-绿灯}$ 的波形如图 1-2 所示。

其他信号灯的控制电路可以采用同样的方法获得,即从真值表写出布尔表达式,再由布尔表达式画出逻辑电路图。如果使用 7 段数码管来显示道路的通行/等待时间,也可以写出反映 7 段数码管的每个发光段和输入信号之间关系的真值表,再采用同样的方法完成它的控制电

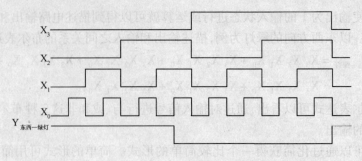

图 1-2 逻辑电路的时序图

路的设计。

由于几乎所有的系统都需要数字显示,为简化电路设计,常采用一些中规模逻辑器件实现这个功能。采用 BCD 码 -7 段译码器 7447 可以把 BCD 码转换为共阳极数码管的显示代码。图 1-3 给出具体的电路,图中 7447 的 BCD 码输入管脚 D 直接接地,这样当管脚 C ~ 管脚 A 输入从 000 变化到 111 时,7447 即可分别输出共阳极数码管 0 ~ 7 的显示代码。

图 1-3 中的非门把输入信号的变化从加法转换成减法,例如当输入状态 $X_2X_1X_0$ 为 000 时,通过非门后转换成 111,7447 输出共阳极数码管 7 的显示代码;当输入状态 $X_2X_1X_0$ 为 001 时,通过非门后转换成 110,7447 输出共阳极数码管 6 的显示代码;依次类推,当输入状态 $X_2X_1X_0$ 为 111 时,通过非门后转换成 000,7447 输出共阳极数码管 0 的显示代码。

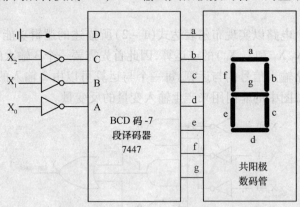

图 1-3 基于中规模逻辑器件的数据显示电路

鉴于篇幅的关系,这里不给出 BCD 码 -7 段译码器 7447 的内部电路、功能表以及工作时序图。这些内容可以从互联网上下载 BCD 码 -7 段译码器 7447 数据手册获得,从数据手册中可以发现它内部电路也是由逻辑门电路组成的。

在组合逻辑电路中,常用的中规模逻辑器件还有编码器、译码器、数据选择器、数据分配器以及加法器等。这些中规模逻辑器件也是由门电路构成,读者可以参考相关器件的数据手册。

综上所述,布尔代数仅有 3 种基本运算:与、或和非,由这 3 种布尔代数基本运算的组合就能获得需要的输出。

1.2.3 时序逻辑电路

长期以来,逻辑电路被当作组合电路。组合电路是指在任何时刻,输出状态只取决于该时刻电路输入状态的组合,而与先前电路的状态无关的逻辑电路。在 1.2.1 小节中,无论是交通

6

灯的控制电路,还是数据显示电路,它们的输出只与电路当时的输入有关,与电路先前的状态无关,因此它们都是组合逻辑电路。

许多逻辑电路的输出不仅取决于当前时刻各输入状态的组合,而且还与先前电路的状态有关,即需要记忆功能。这样的逻辑电路称为时序逻辑电路。在前面默认电路具有 16 个状态的输入信号,从 0000 到 1111,已经存在。产生这 16 个状态必须使用时序逻辑电路,因为下一个状态的形式取决于上一个状态的形式。组合逻辑电路的输出只与电路当前的输入有关;时序逻辑电路的输出则不仅与电路当前的输入有关,而且还与电路上一个状态有关。

最基本的具有记忆功能的电路是触发器,它也是由逻辑门组成。逻辑门本身没有记忆能力,但是几个逻辑门组合起来就具有了记忆能力。图 1-4 给出边沿触发的 J-K 触发器的内部电路和它的电路符号。表 1-2 给出功能表。

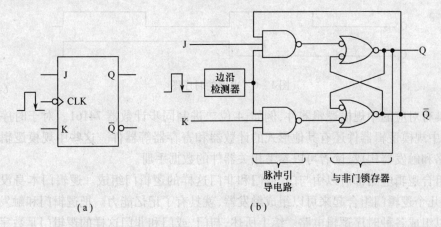

图 1-4　边沿触发的 J-K 触发器的内部电路和它的电路符号
(a)电路符号;(b)内部电路。

表 1-2　边沿触发器 J-K 触发器的功能表

J	K	CLK	Q
0	0	↓	Q^n(状态不变)
0	1	↓	0
1	0	↓	1
1	1	↓	$\overline{Q^n}$(状态翻转)

在表 1-2 的第 2 行,J=0,K=0,时钟跳变时触发器保持原有状态;在第 3 行,J=1,K=0,时钟跳变时无论前一个输出状态是什么,输出状态都置位;在第 4 行,J=0,K=1,时钟跳变时无论前一个输出状态为什么,输出状态都清零;在第 5 行,J=1,K=1,时钟跳变时输出状态发生翻转。

把多个边沿触发的 J-K 触发器,如 4 个,按照图 1-5 所示的方法连接起来就可以被用来产生交通灯的控制电路所需要的 16 个状态。

在图 1-5 中,每个触发器的 J 和 K 端都为 1,因此当时钟到来时触发器总会改变状态(发生翻转)。时钟信号 CP 只作用于触发器 Q_0 的 CLK 端。输出端 Q_0 与触发器 Q_1 的 CLK 端相连接,输出端 Q_1 与触发器 Q_2 的 CLK 端相连接,输出端 Q_2 与触发器 Q_3 的 CLK 端相连接。图 1-6 显示了电路工作的时序图,该图显示了电路在时钟的作用下产生的输出状态的变化情况。

图 1-5 所示的电路也称计数电路。像 BCD 码到 7 段数码管的显示代码转换一样,这样

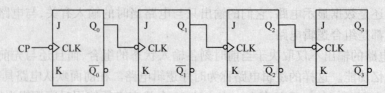

图 1 - 5　边沿触发的 J - K 触发器连接的状态产生电路(模 16)

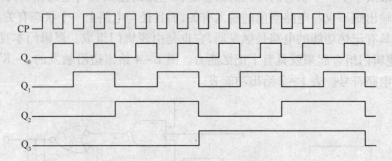

图 1 - 6　电路的时序图

的电路也具有对应的中规模逻辑器件,例如,4 位二进制同步计数器 74161。对于时序逻辑电路,常用的中规模逻辑器件还有其他形式的计数器和寄存器等器件。这些中规模逻辑器件也是由门电路和触发器构成,读者可以参考相关器件的数据手册。

任意组合逻辑电路都可以由与门、或门和非门这样的逻辑门组成。逻辑门本身没有记忆能力,但是几个逻辑门组合起来可以组成触发器,就具有了记忆能力。把逻辑门和触发器结合起来就可以组成各种时序逻辑电路。综上所述,与门、或门和非门这样的逻辑门是数字电路或者数字系统的最基本单元,换句话说,应用与门、或门和非门这样的逻辑门就可以实现所有逻辑功能。

1.3　可编程逻辑器件基础知识

1.3.1　可编程逻辑器件基础

在介绍可编程逻辑器件之前,再次回顾基于标准逻辑器件的数字电路设计过程。首先定义输入和输出变量,即确定设计输入和输出信号,并指定变量名称, 如 X_3、X_2、X_1、X_0 和 $Y_{东西-绿灯}$。然后写出描述输入和输出信号之间关系的真值表。真值表是描述电路如何工作的方法之一,描述电路工作原理的另一种方法是布尔表达式。利用布尔表达式就可以用逻辑门符号画出电路图。最后是选择合适的数字集成电路器件组装实际电路。读者也许有这样的体会,组装实际电路的过程最麻烦,既费时间又容易出错误。如果需要修改电路功能,电路还必须重新组装。

可编程逻辑器件能使组装电路这个烦人的步骤借助计算机和相关的开发软件来完成,因此,现在许多数字系统采用可编程逻辑器件实现以提高设计效率。为支持计算机的工作,可编程逻辑器件提供了硬件基础。由“数字电路逻辑设计”课程的知识,可以得到以下结论:与门、或门和非门这样的基本逻辑门能够组成任何组合逻辑电路;这样的基本逻辑门也能够组成触发器使电路具有存储能力;组合电路加上存储元件就构成时序逻辑电路。

可编程逻辑器件的基本原理结构图如图1-7所示。图中的输入缓冲电路用来对输入信号进行放大,同时这部分电路也为后面的与阵列提供输入信号的反变量。输入缓冲电路输出的所有输入信号和它们的反变量在与阵列中实现布尔表达式中的与项,这个与项也称为乘积项。与阵列输出的与项在或阵列中实现或运算。

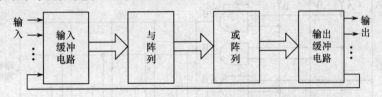

图1-7 可编程逻辑器件的基本原理结构图

输出缓冲电路中通常包括触发器,输出信号可以直接输出,也可以通过触发器输出。触发器的输出信号还可以反馈回来以实现时序电路。

图1-7也可以被看作复杂可编程逻辑器件(CPLD)的原理结构图,这种"与"—"或"结构组成的可编程逻辑器件的功能比较简单。可编程逻辑器件还有一种基于查找表的逻辑形成方法。查找表的功能就像真值表,对于每一组输入组合存储0或1,从而产生所要求的组合函数。由于使用多个查找表构成一个查找表阵列,因此,这种器件称为现场可编程门阵列(FPGA)。

1.3.2 可编程逻辑器件内部电路的描述

图1-8给出一个简单的可编程逻辑器件的内部组合电路部分电路图。这个器件具有2个输入端:A和B。2个同相缓冲器和2个反相缓冲器构成输入缓冲电路,输入信号A和B的每一个分别经过同相缓冲器和反相缓冲器产生原变量和反变量。这些原变量和反变量连接到与门阵列的输入线。与阵列由4个与门组成,它们能够产生2个输入信号的所有组合的与运算,为此每个与门分别连接到2条不同的输入线。与门的输出也被称作乘积项线,它们把与运算的结果送到或阵列。

每条乘积项线通过熔丝与每个4输入或门的一个输入端相连。一个4输入或门能够实现一个布尔表达式,采用多个4输入或门能够实现多个布尔表达式。由于所有熔丝的原始状态是完好的,因此,每个或门的输出为1。以或门1为例,未编程前它的输出为

$$O_1 = \overline{A}\,\overline{B} + \overline{A}B + A\overline{B} + AB = 1$$

烧断熔丝的或门输入端被认为是逻辑0,通过有选择地烧断熔丝,每一个或门的输出都能产生变量A和B的任意函数。例如,设计或门1的输入端1和输入端4的熔丝被烧断,则或门4的输出为

$$O_4 = 0 + \overline{A}B + A\overline{B} + 0 = \overline{A}B + A\overline{B}$$

再如,设计或门2的输入端1、输入端2和输入端3的熔丝被烧断,则或门2的输出为,

$$O_2 = 0 + 0 + 0 + AB = AB$$

图1-8给出的电路仅有2个输入信号,但是电路图已经很复杂了,具有许多连线。实际使用的可编程逻辑器件可能具有几十,甚至上百个输入/输出管脚,这样如果画出其内部电路将是非常复杂以致无法使用。为了简化电路的绘制,描述可编程逻辑器件内部电路时采用了不同以前基于标准逻辑器件电路绘制的特殊方法。图1-9使用这种特殊方法重新绘制了图1-8。

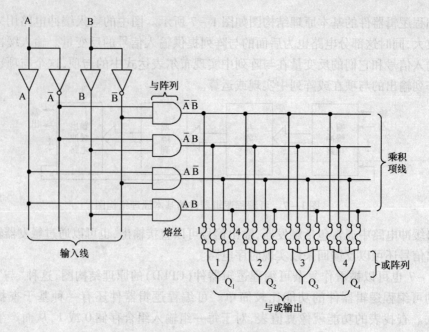

图 1-8 可编程逻辑器件内部电路图

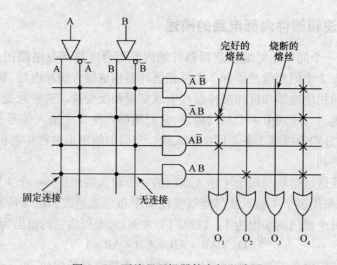

图 1-9 可编程逻辑器件内部电路图

对于图 1-9 所示的电路图,与基于标准逻辑器件电路绘制相比,第一点区别是用具有 2 个输出端的单个缓冲器代替原来的同相缓冲器和反相缓冲器,新缓冲器的 2 个输出端一个表示同相,另一个表示反相。第二点区别是与门和或门虽然图上只画了一条输入线,但是它表示该逻辑门具有多个输入信号,行线和列线之间具有多少个交叉点,表示该逻辑门具有多少个输入端。

逻辑门的输入线上的交叉点表示该逻辑门的输入端,但是这些输入端的一些可能与输入信号相连接,另一些可能与输入信号不连接。如果在交叉点上具有"·"符号表示这个信号与逻辑门为固定连接;如果在交叉点上具有"×"符号表示这个信号与逻辑门为编程连接;如果在交叉点上既没有"·"符号,也没有"×"符号则表示这个信号与逻辑门不连接。以图 1-9

10

所示的电路图为例,它的与门输入段采用固定连接,或门输入端采用编程连接,4 个或门的输出分别为

$$O_1 = 0 + \overline{A}B + \overline{A}\,\overline{B} + 0 = \overline{A}B + A\,\overline{B}$$

$$O_2 = 0 + 0 + 0 + AB = AB$$

$$O_3 = 0 + 0 + 0 + 0 = 0$$

$$O_4 = 0 + \overline{A}B + A\,\overline{B} + 0 = \overline{A}B + A\,\overline{B}$$

1.3.3 可编程逻辑器件内部电路的分类

自从这项技术问世以来,可编程逻辑器件一直处在发展中。这个发展过程经历了可编程只读存储器(Programmable Read Only Memory,PROM)、可编程阵列逻辑(Programmable Array Logic,PAL)、通用阵列逻辑(Generic Array Logic,GAL)、直到 CPLD 和 FPGA。可编程逻辑器件也可以按器件的编程工艺来划分,编程工艺包括熔丝型、EPROM 型、E^2PROM 型、Flash 型和 SRAM 型。

1. 可编程只读存储器

PROM 芯片的结构如图 1-10 所示。输入缓冲电路提供输入信号的原变量和反变量,与门提供所有输入信号组合的译码,或门的输入采用可编程连接。对于任意一个给定的输入信号变量组合,相应的与门输出高电平,如果或门的输入和该与门输出相连接,则此或门输出高电平,如果或门的输入没有和该与门输出相连接,则此或门输出低电平。

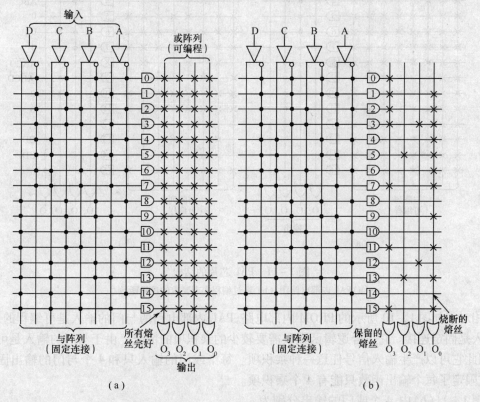

图 1-10 PROM 芯片的结构

(a)PROM 内部电路图;(b)通过编程实现要求的逻辑函数。

11

图 1-10(b)中,4 个或门的输出分别为

$$O_3 = AB + \overline{C}\,\overline{D}$$

$$O_2 = A\,\overline{B}C$$

$$O_1 = AB\,\overline{C}\,\overline{D} + \overline{A}\,BCD$$

$$O_0 = A + B\,\overline{D} + C\,\overline{D}$$

由于 PROM 产生了输入变量的所有最小项,所以,它能产生输入信号的任意逻辑函数。这种器件的缺点是当输入信号包括的变量数目较大时实现起来很困难,因为每增加一个输入变量,需要编程的连接点将增加 1 倍。

2. 可编程阵列逻辑

考虑在实际应用时,绝大多数组合逻辑函数并不需要所有的乘积项。PAL 对 PROM 进行了改进,这种芯片的结构如图 1-11 所示。

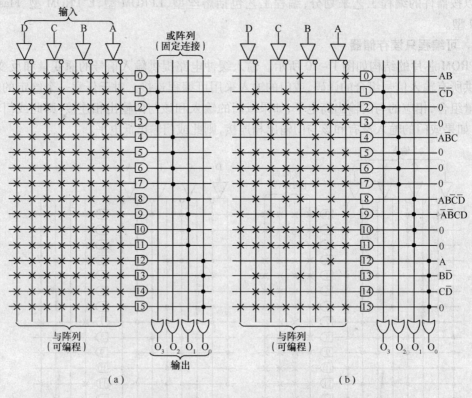

图 1-11 PAL 芯片的结构

(a)PAL 内部电路图;(b)通过编程实现要求的逻辑函数。

相对于如图 1-10 所示的 PROM 内部电路,PAL 内部电路的与门的输入是可编程的,或门的输入是固定连接。它适合逻辑函数只需要较少的乘积项的情况。由于与门的输入是可编程的,因此它可以产生输入信号任意一种乘积项。每个或门的输入只和 4 个与门的输出固定连接,它限定了每个输出函数只能有 4 个乘积项。

图 1-11(b)中,4 个或门的输出分别为

$$O_3 = AB + \overline{C}\,\overline{D}$$

$$O_2 = A\,\overline{B}C$$

12

$$O_1 = AB\overline{C}\,\overline{D} + \overline{A}\,BCD$$

$$O_0 = A + B\overline{D} + C\overline{D}$$

上面提到的电路结构只能解决组合逻辑的可编程问题,但是对时序逻辑还是无能为力。在图 1-11 所示电路的基础上再加上输出寄存器单元就可以实现时序逻辑的可编程。为实现不同的应用需要,PAL 的输出结构很多,往往一种输出结构就是一种器件。器件种类繁多将使得生产和使用都不方便。现在 PAL 器件已不生产,关于输出寄存器单元的内容结合下面内容介绍。

3. 通用阵列逻辑

GAL 是在 PAL 的基础上发展起来的,它沿用了与阵列可编程、或阵列固定的结构。它们之间的区别反映在编程工艺和输出结构方面。一般的 PAL 器件采用熔丝型编程工艺,属于一次性可编程器件;GAL 器件采用 E^2PROM 型编程工艺,允许对其进行多次编程。在输出部分增加了输出逻辑宏单元(Output Logic Macro Cell,OLMC),使得一种 GAL 器件可以代替多种 PAL 器件。

图 1-12 给出了 GAL 16V8 的结构图,它是由 Lattice Semiconductor 公司的产品。这种芯片具有 8 个专用输入管脚(管脚 2~9),2 个特殊功能输入管脚(管脚 1:时钟输入 CLK,管脚 11:使能 OE),8 个输入/输出管脚(管脚 12~19)。

8 个专用输入管脚中每一个的输入信号经过一级缓冲以后,产生输入信号的原变量和反变量,它们分别连接到输入矩阵对应的列线上,为与阵列提供一部分输入信号。与阵列的输入信号还包括来自 OLMC 的反馈信号,这些反馈信号也分别连接到输入矩阵对应的列线上。从图 1-12 可以看出,与阵列共有 64 个与门,每个与门具有 32 个可编程的输入变量。

OLMC 的电路图如图 1-13 所示。每个 OLMC 具有一个 8 输入或门,它接受 8 个固定的多输入与门的输出(乘积项),产生输入信号的"与"—"或"表达式。或门的输出可以经过不同的路径到达输出管脚,具体经过的路径可以通过编程来决定,既能实现组合逻辑输出,也能实现寄存器输出。

在 OLMC 电路中,8 输入或门的信号分两类:7 个输入乘积项直接与或门的输入端连接,第 8 个输入乘积项则通过乘积项数据选择器(Prod. TMUX)连接到或门的输入端。乘积项数据选择器由 E^2PROM 矩阵中的可编程位(AC0 和 AC1)控制,使得第 8 个输入乘积项可以送入或门,也可以不送入或门。

4 输入三态数据选择器(three state MUX)用来对输出三态反相器使能,它的 4 个输入信号为 V_{CC}、接地、第 8 个输入乘积项以及来自管脚 OE(管脚 11)的外部信号。当三态数据选择器选择 V_{CC} 输入,三态反相器输出处于使能状态,这时输入/输出管脚可以用于输出管脚;当选择接地输入,三态反相器输出处于高阻状态,这时输入/输出管脚可以用于输入管脚。三态数据选择器的另外两个输入信号使得输出可以由第 8 个输入乘积项或者来自管脚 OE(管脚 11)的外部信号进行控制。

输出数据选择器(Out MUX)是一个 2 输入数据选择器,它也由 E^2PROM 矩阵中的可编程位 AC0 和 AC1 控制,在组合逻辑输出和寄存器(D 触发器)输出之间实现选择。

反馈数据选择器(Feedback MUX)也由 E^2PROM 矩阵中的可编程位 AC0 和 AC1 控制,用来选择反馈到输入矩阵中的逻辑信号,这些反馈信号和芯片的输入信号一起作为"与"—"或"阵列的输入信号。由于反馈信号中包括 D 触发器的输出信号,这个特点使得 GAL 器件具有了实现时序逻辑的能力。

图 1-13 中的 2 输入异或门用来提供可编程输出信号极性的能力。2 输入异或门的一个

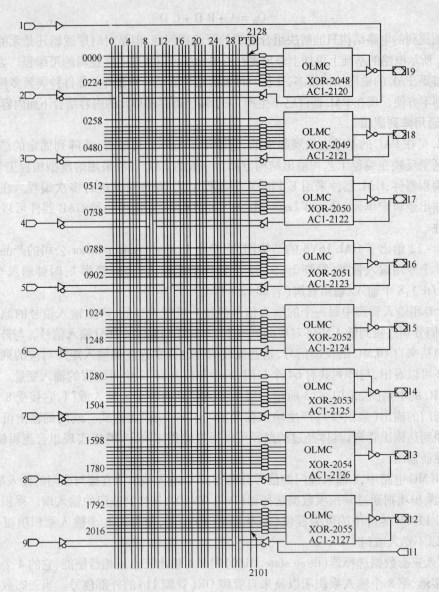

图 1 – 12 GAL 16V8 结构图

输入信号来自 8 输入或门的输出,另一个为可编程的控制信号 CONTROL。当 CONTROL = 0,8 输入或门的输出保持原来的极性;当 CONTROL = 1,8 输入或门的输出被反相。

上面讨论的 PROM、PAL 和 GAL 通常称为简单可编程逻辑器件,即使如此,GAL 的内部电路就已经很复杂了。讨论这些内容只是想说明可编程逻辑器件仍是由在"数字电路逻辑设计"课程中学习的基本电路组成,课程中介绍的数字电路理论不仅适用于由标准逻辑器件组成的电路,而且也适用于在本书将要学习的由可编程逻辑器件组成的电路。

现在广泛使用的两种可编程逻辑器件是 CPLD 和 FPGA,它们也称为大容量可编程逻辑器件。这两种器件多个厂家都进行生产,虽然不同厂家的产品的基本结构类似,但是具体电路仍有许多改进形式,同时由于它们的内部电路非常复杂,具体介绍起来将非常困难。在 1.4 节结合 ALTERA 公司的可编程逻辑器件将对它们的组成框图进行介绍。

14

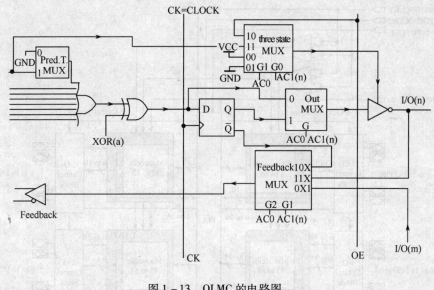

图 1 - 13　OLMC 的电路图

1.4　ALTERA 公司的可编程逻辑器件

　　ALTERA 公司是著名的可编程逻辑器件生产厂家,它的产品在我国,尤其在高校的教学中获得广泛的应用。ALTERA 公司的可编程逻辑器件具有高性能、高集成度和高性能价格比的优点,此外,该公司还提供了功能全面的可编程逻辑器件开发工具——Quartus Ⅱ。

　　ALTERA 公司的可编程逻辑器件包括多个产品系列,按照这些产品系列推出的先后顺序依次为 Classic 系列、MAX 系列、FLEX 系列、APEX 系列、ACEX 系列、Cyclone 系列、Stratix 系列以及 Arria 系列。当前仍在生产的包括 MAX 系列、Cyclone 系列、Stratix 系列和 Arria 系列。其中 MAX 系列芯片属于 CPLD;Cyclone 系列、Stratix 系列和 Arria 系列属于 FPGA 器件。

　　ALTERA 公司的 CPLD 采用非易失性存储器,这样即使掉电,芯片内部的设计信息也不会丢失。ALTERA 公司的 FPGA 器件都采用易失性存储器,这样在掉电时,芯片内部的设计信息将会丢失,因此,应用系统中需要添加用来保存设计信息的配置芯片,但是 FPGA 器件逻辑资源密度较大,工作速度较快。

1.4.1　复杂可编程逻辑器件

　　ALTERA 公司当前生产的 CPLD 包括 MAX7000 系列、MAX3000 系列和 MAX Ⅱ 系列器件。在上述 3 个系列的芯片中,MAX Ⅱ 系列器件具有较高的逻辑资源密度、较低的功耗和价格;MAX7000 系列器件支持 5V 的输入/输出电压,又具有可以安装在管座上的 PLCC 包装形式。

　　本节以属于 MAX7000 系列器件的 EPM7128S 芯片为例,介绍 ALTERA 公司 CPLD 的结构。EPM7128S 芯片采用 E^{2}PROM 型编程工艺,掉电时设计信息不会丢失,并允许对其进行重复编程。EPM7128S 的组成框图如图 1 - 14 所示。

　　EPM7128S 结构主要包括逻辑阵列块(Logic Array Block,LAB),可编程的互连矩阵(Programmable Interconnect Array,PIA)和输入/输出控制模块。EPM7128S 的所有输入/输出管脚

15

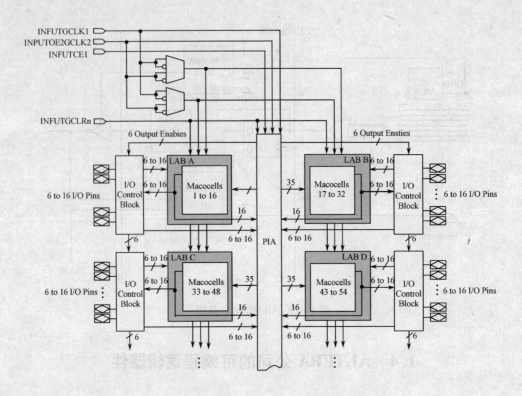

图 1-14　EPM7128S 的组成框图

都具有三态输出缓冲器,输入/输出控制模块确定每一个输入/输出管脚作为输入/输出或者双向功能使用。

PIA 用来在各个 LAB 之间传送信号,它属于全局总线,可使器件内部任何信号源与任何目的地互连。器件的所有输入信号和 LAB 的输出信号都送到 PIA,从 PIA 到每个 LAB 最多可以传送 36 个信号。

每个 LAB 包含 16 个宏单元(Macrocells)。宏单元和 GAL 器件非常相似,每个宏单元包括可编程的"与"—"或"阵列和可编程的寄存器(触发器)。宏单元的组成框图如图 1-15 所示。

每个宏单元具有 5 个乘积项(与项)。如果需要更多的乘积项,则可以从同一个 LAB 块中相邻的 3 个宏单元的每一个中借来 5 个乘积项,这种扩展乘积项的方法被称为并行逻辑扩展。通过这种方法,乘积项选择矩阵可以提供 20 个乘积项。还有一种扩展乘积项的方法称为共享逻辑扩展,这种方法不是增加更多的乘积项,而是允许把产生的乘积项作为共用的乘积项,再提供给处于同一 LAB 中的其他宏单元使用。每个宏单元中只有一个乘积项可以采用这种方法,由于每个 LAB 中具有 16 个宏单元,因此共有 16 个共用乘积项可以被使用。

宏单元可以产生组合输出或者寄存器输出。当宏单元中包含的寄存器(触发器)被旁路时,宏单元产生组合输出。通过编程,触发器可以形成 D 触发器、T 触发器、J-K 触发器、SC 触发器或者 SR 触发器。触发器具有 3 种触发方式:使用全局时钟信号;触发器使能时使用全局时钟信号;使用宏单元产生的阵列时钟信号或者非全局时钟管脚引入的时钟信号。EPM7128S 器件具有 2 个全局时钟管脚(管脚 GCLK1 和管脚 GCLK2),使用其中的任意一个都能实现最快的触发操作。利用乘积项产生的高电平信号或者低电平信号,寄存器可以实现异步置位或者清零;寄存器也可以利用全局清零管脚的有效低电平信号进行清零。在旁路 PIA

16

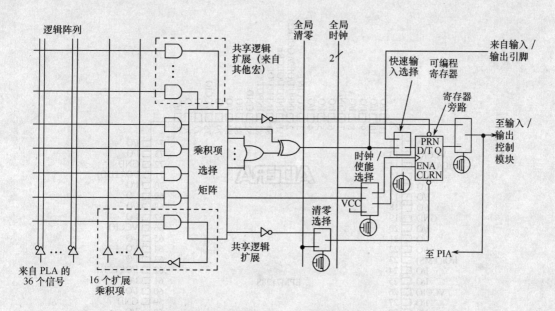

图 1-15 EPM7128S 的宏单元组成框图

的情况下,从器件的输入/输出管脚到触发器还提供了快速数据输入通道。

进行清零。在旁路 PIA 的情况下,从器件的输入/输出管脚到触发器还提供了快速数据输入通道。

EPM7128S 可编程逻辑芯片具有多种包装形式,PLCC 包装形式便于芯片的拆装,但是体积较大,如果电路体积需要重点考虑,TQFP 包装形式将是一种较好的选择。不同的包装形式也使得芯片的输入/输出管脚数量不同,84 管脚的 PLCC 包装形式芯片可以提供 68 个输入/输出管脚,160 管脚的 QFP 包装形式芯片可以提供 100 个输入/输出管脚。子系列中的不同芯片具有不同的资源,例如,EPM7128 具有 8 个逻辑阵列块,7032 具有 2 个逻辑阵列块,7256 具有 16 个逻辑阵列块。S 表示 MAX 系列中的一种工艺,这种工艺制作的芯片可以多次编程,工作电压为 5V,当然还有更多的信息。84 表示具有 84 个管脚。-15 表示从管脚之间的最小延迟时间,单位为 ns。MAX 系列的芯片具有多种最小延迟时间,这个值越小,芯片的最高时钟频率越高。

图 1-16 所示为 EPM7128SLC84-15 可编程逻辑芯片的管脚。图中的 GND 管脚为接地管脚。电源管脚分为 2 类:VCCINT 为核电源,对于 EPM7128SLC84 芯片为 5V;VCCINT 为输入/输出口电源,对于 EPM7128SLC84 芯片可以为 5V 或者 3.3V,前者输入/输出信号高电平为 5V,后者输出信号高电平为 3.3V,输入信号高电平既可以为 3.3V,也可以为 5V。

图 1-16 中 I/O 管脚为输入/输出管脚,每一个输入/输出管脚通过编程可以作为输入/输出或者双向管脚使用。

4 个专用管脚 INPUT/GCLK1、INPUT/OE1、INPUT/GCLRn 和 INPUT/OE2/GCLK2 既可被用作普通输入管脚,也可用做全局输入信号。GCLK1 和 GCLK2 为全局时钟管脚,使用其中的任意一个都能实现最快的触发器触发操作。OE1 和 OE2 为全局使能管脚,使用其中的任意一个都能实现最快的三态输出控制。GCLRn 用来控制宏单元中寄存器异步清零。

EPM7128SLC84 芯片支持在系统编程,在系统编程可采用 JTAG 接口,管脚 TDI、TDO、TMS 和 TCK 被用于芯片的编程。

17

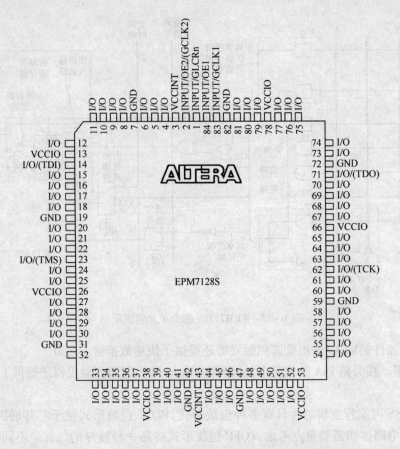

图 1-16　EPM7128SLC84-15 可编程逻辑芯片的管脚图

利用 EPM7128SLC84-15 芯片实现如表 1-1 所列交通灯的控制电路真值表描述功能,需要占用的芯片资源如表 1-3 所列。

表 1-3　EPM7128SLC84-15 芯片资源占用情况表

资源项目	芯片可提供资源	设计占用资源	占用资源与可提供资源的比例
宏单元	128	16	13%
输入/输出管脚	68	18	26%

MAX7000S 系列器件除过 EPM7128S 芯片,还有其他芯片。表 1-4 给出 MAX7000S 系列各种芯片所包含的逻辑资源。

表 1-4　MAX7000S 系列器件芯片逻辑资源表

资源项目	EPM7032S	EPM7064S	EPM7128S	EPM7160S	EPM7192S	EPM7256S
可使用逻辑门	600	1250	2500	3200	3750	5000
宏单元	32	64	128	160	192	256
逻辑阵列块	2	4	8	10	12	16
最大输入/输出管脚	36	68	100	104	124	164
最高计数频率(MHz)	175.4	175.4	147.1	149.3	125.0	128.2

注意:表 1-4 列出的最大输入/输出管脚为指定类型芯片所能提供的输入/输出管脚的最大数量。同一类型芯片,不同类型的封装形式具有不同的输入/输出管脚数量。同样,表中列

18

出的最高计数频率也是指定类型芯片所能达到的最高计数频率。同一类型芯片,不同的管脚间最小延迟时间,即不同的速度等级,具有不同的最高计数频率。

1.4.2 现场可编程门阵列器件

ALTERA 公司当前生产的 FPGA 器件包括 Cyclone 系列、Arria 系列和 Stratix 系列。Stratix 系列属于高端器件;Arria 系列属于中端器件;Cyclone 系列器件适用于低成本应用系统的设计。

Cyclone 系列器件又可以再分为 4 种类型:2002 年推出,采用 130nm 工艺制造的 Cyclone 系列;2004 年推出,采用 90nm 工艺制造的 Cyclone Ⅱ 系列;2007 年推出,采用 65nm 工艺制造的 Cyclone Ⅲ 系列;2009 年推出,采用 60nm 工艺制造的 Cyclone Ⅳ 系列。这里将以 Cyclone Ⅱ 系列器件为例来介绍 FPGA 器件的组成结构。

ALTERA 公司的 FPGA 器件是基于查找表(Look – Up Table,LUT)结构,利用地址和存储数据来产生逻辑函数。它的本质就像逻辑函数的真值表,查找表的地址为输入变量,该地址存储的数据就是输出逻辑函数。

查找表本身由一组触发器组成,触发器中存储了由给定函数确定的真值表。查找表的规模通常都相当小,典型情况为涉及 4 个输入变量,这时真值表具有 16 种输入变量组合,对应 16 个输出逻辑函数值。查找表的结构如图 1 – 17 所示。每个输出逻辑函数数值需要一个触发器来存储,每个触发器的输出由三态缓冲器控制。三态缓冲器的使能端由输入变量通过译码器产生的地址信号控制,使得每次只输出一个触发器存储的信息。4 个输入变量通过译码器可以产生 16 个地址信号,每个地址信号控制一个触发器输出逻辑函数数值,形成一个具有 4 个输入逻辑变量,16 个输出逻辑函数数值的真值表。

图 1 – 17 所示的查找表结构就是一个 16 × 1 的存储模块,创建一个给定函数需要做的就是在存储模块存入要求的数据。FPGA 采用 SRAM 技术实现存储模块。相对于采用 E^2PROM 技术的 CPLD,采用 SRAM 技术的 FPGA 的工作速度快,存储单元密度高。SRAM 是易失性的存储器,因此,每次加电时需要向存储器加载所要求的数据,这个过程称为可编程逻辑器件的配置。

ALTERA 公司的 FPGA 器件的最小逻辑单位是逻辑单元(Logic Elements,LE)。Cyclone Ⅱ 系列器件的逻辑单元结构图如图 1 –18 所示。

逻辑单元中的 4 输入查找表用来产生组合逻辑。这里的进位链逻辑带有进位选择,可以灵活地构成 1 位加法或减法逻辑,并可以切换。每个 FPGA 器件的输出都可以连接到局部布线、行列、查找表链、寄存器链等布线资源。

每个逻辑单元中的可编程寄存器能被配置为 D、T、J – K 或者 S – R 触发器。每个可编程寄存器具有数据、异步数据装载、时钟、时钟使能、清零和异步置位/复位输入信号。逻辑单元中的时钟使能、时钟使能选择逻辑,可以灵活配置寄存器的时钟及时钟使能信号。若只需要组合逻辑功能,则可以将触发器旁路,查找表的输出可作为逻辑单元的输出。

逻辑单元由 3 个输出驱动内部互连。其中,一个驱动局部互连,两个驱动行列的互连资源。查找表和寄存器的输出可以单独控制,可在一个逻辑单元中实现,查找表驱动一个输出,而寄存器驱动另一个输出。在一个逻辑单元中的触发器和其中的查找表可用来完成不相关的功能,以提高逻辑单元资源利用率。

Cyclone Ⅱ 系列器件的结构图如图 1 –19 所示。图中包括 LAB、嵌入式存储器(Embedded

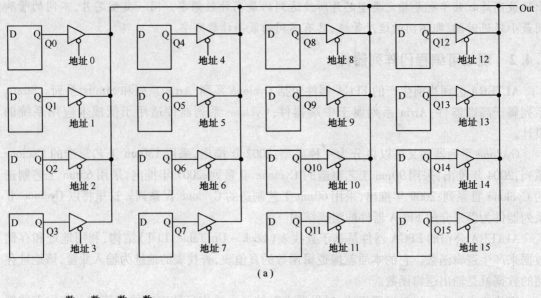

（a）

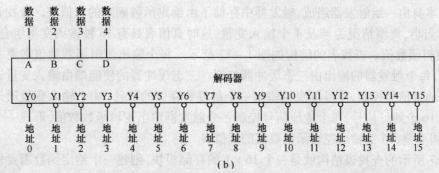

（b）

图 1-17 查找表的结构图

Memory, EM）块、锁相环（PLL）、内嵌乘法器模块和输入/输出单元（IOE）等模块。

每个逻辑阵列块包含 16 个逻辑单元、逻辑单元进位链和级连链、查找表链、寄存器链逻辑阵列块控制信号和局部互连。

Cyclone Ⅱ 器件的嵌入式存储器由数十个 M4K 存储器块构成。每个 M4K 存储器块具有很强的伸缩性，可以实现 200MHz 高速性能的 4608 位 RAM。嵌入式存储器块能够实现真正的双端口存储器、单端口存储器、字节使能、校验位、移位寄存器。完成 FIFO 设计、ROM 设计、混合时钟模式设计。

锁相环可以用来调整时钟信号的波形、频率和相位。锁相环提供 Cyclone Ⅱ 中的通用时钟，并且可以对时钟信号进行分频和倍频、可以调整时钟信号的占空比等功能。

内嵌乘法器模块可以实现一些常用的数字信号处理（Digital Signal Processing, DSP）功能函数，如有限长单位脉冲响应滤波器（FIR）、快速傅里叶变换（FFT）和离散余弦变换（DCT）等。

每个输入/输出单元中有 3 个触发器，分别是输入触发器（Input Register）、输出触发器（Output Register）和输出使能触发器（OE Register）。在与外部芯片接口时，使用输入/输出单元中的触发器可以显著提高输入/输出性能，因为从输入/输出单元中触发器到管脚的延时要比逻辑单元中触发器到管脚的延时小很多。需要注意，如果把输入/输出触发器放在输入/输

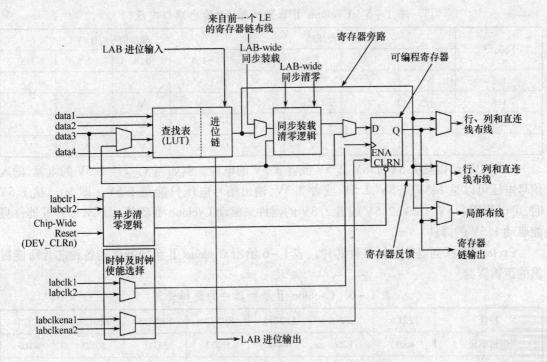

图 1-18 Cyclone Ⅱ器件的逻辑单元内部结构图

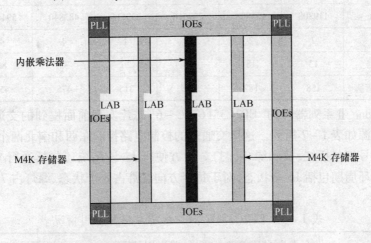

图 1-19 Cyclone Ⅱ器件结构图

出单元中,虽然可以提高输入/输出性能,但是有时会导致从内部逻辑到输入/输出单元触发器的路径成为关键路径,反而影响芯片内部性能,因此,设计者应该从整个设计的角度出发,决定是否需要将输入/输出触发器放置到输入/输出单元中。

Cyclone Ⅱ器件的电源支持采用内核电压和输入/输出电压分开供电的方式,即具有 2 类供电引脚:内核电压引脚 V_{CCINT} 和输入/输出引脚 V_{CCIO}。电压内核电压必须采用 1.2V 供电,输入/输出电压取决于使用时需要的输入/输出标准。

Cyclone Ⅱ的架构支持多电压输入/输出接口,这就允许 Cyclone Ⅱ器件同时为系统提供不同的电压。每种 Cyclone Ⅱ器件都支持 1.5V、1.8V、2.5V 或者 3.3V 的接口,与外面器件接口时,一般小于 5V 时不需要电压转换。表 1-5 列出了 Cyclone Ⅱ器件支持的输入/输出端口电压。

表 1 – 5　Cyclone Ⅱ 器件的输入/输出端口电压

V_{CCIO}/V	输入信号电压/V				输出信号电压/V			
	1.5	1.8	2.5	3.3	1.5	1.8	2.5	3.3
1.5	√	√	√	√	√			
1.8	√	√				√		
2.5		√	√		√	√	√	
3.3			√	√	√	√	√	√

V_{CCIO} 引脚可以接 1.5V、1.8V、2.5V 或者 3.3V 的电源。例如当 V_{CCIO} 接 1.5V 的电源,输入信号电压可以是 1.5V、1.8V、2.5V 或者 3.3V,输出信号电压只能是 1.5V。即 V_{CCIO} 接 1.5V 时,可以使用 1.5V、1.8V、2.5V 或者 3.3V 的器件来驱动 Cyclone Ⅱ 器件,而 Cyclone Ⅱ 器件只能驱动 1.5V 的器件。

Cyclone Ⅱ 系列器件包括多种芯片。表 1 – 6 给出 Cyclone Ⅱ 系列器件的各种芯片所能提供的逻辑资源。

表 1 – 6　Cyclone Ⅱ 系列器件的逻辑资源

特性	EP2C5	EP2C8	EP2C15	EP2C20	EP2C35	EP2C50	EP2C70
逻辑单元	4608	8256	14448	18752	33216	50528	68416
M4KRAM 块	26	36	52	52	105	129	250
总比特数/bit	119808	165888	239616	239616	483840	594432	1152000
锁相环	2	2	4	4	4	4	4
18×18 乘法器	13	18	26	26	35	86	150
最大输入/输出管脚	158	182	315	315	475	450	622

利用 Cyclone Ⅱ 系列器件的“EP2C35F672C – 6”芯片实现前面提到的交通灯的控制电路占用的芯片资源如表 1 – 7 所列。这里交通灯的控制电路控制东西和南北两个方向的信号灯,每个方向的信号灯包括红、黄和绿 3 盏灯。为方便行人,该系统还包括通行/等待时间显示。交通灯一个循环周期包括 16 个状态,对于每个方向红灯占 8 个状态、绿灯占 7 个状态、黄灯占一个状态。

表 1 – 7　EP2C35F672C – 6 芯片资源占用情况表

资源项目	芯片可提供资源	设计占用资源	占用资源与可提供资源的比例
宏单元	33216	15	<1%
输入/输出管脚	475	14	3%
存储单元/bit	433840	0	0%
嵌入式乘法器	70	0	0%
锁相环	4	0	0%

Cyclone Ⅱ 器件的产品型号涵盖了器件的许多特征,例如,型号为 EP2C35F672C – 6 的芯片,其中 EP2C 表明是 Cyclone Ⅱ 系列,35 表明芯片包含约 35000 个逻辑单元,F672 表明是 672 脚 FineLine BGA 封装,C 表示芯片的质量等级属于商业级,6 表示芯片管脚之间的最小延迟时间,单位为 ns,表明速度等级。

小　　结

现代数字系统中所使用的数字电路几乎都是集成电路。按照它们的工作原理,数字集成电路可以被划分为标准逻辑器件、微处理器和专用集成电路。标准逻辑器件在基础理论和实验教学课程中仍然占据重要的位置,"数字电路逻辑设计"课程目前仍然以标准逻辑器件为主进行讲授。该课程介绍了一系列描述数字电路的方法:布尔代数利用数学表达式来描述电路输入和输出之间的关系;真值表利用数字来描述电路输入和输出之间的关系;电路图利用符号来描述电路输入和输出之间的关系、时序图是利用图形来描述电路输入和输出之间的关系。

布尔代数仅有的 3 种基本运算:与、或和非。利用这 3 种基本运算可以实现任意组合逻辑。这样的基本逻辑门也能够组成触发器使电路具有存储能力,组合电路加上存储元件就构成时序逻辑电路。标准逻辑器件中的中规模器件的内部电路仍是由这些基本运算来实现,使用它们可以减小电路体积、提高可靠性。

可编程逻辑器件提供了与门、或门和非门这样的基本逻辑门以及具有记忆能力的触发器,它为实现包括组合逻辑电路和时序逻辑电路提供了物质基础。可编程逻辑器件的器件规模有助于减小电路体积、提高可靠性;基于可编程逻辑器件设计电路可以借助计算机通过编程的方式实现所要求的功能,从而提高了设计的灵活性。

按照实现逻辑的方法,可编程逻辑器件分为两种:CPLD 和 FPGA。前者利用"与"—"或"结构,后者使用查找表结构。可编程逻辑器件也可以按照编程方式进行分类,编程方式可以分为一次性编程器件和可重复性编程器件,可重复性编程器件又可以被分为非易失性和易失性两种。

ALTERA 公司的可编程逻辑器件中的 EPM7128SLC84 - 15 芯片和 EP2C35F672C - 6 芯片在本章中被介绍。前者属于 CPLD,可以进行重复性编程,存储器为非易失性存储器;后者属于 FPGA 器件,也可以进行重复性编程,但是存储器为易失性存储器。由于 FPGA 器件采用易失性存储器,独立工作需要具有非易失性存储器的配置芯片的支持,但是它的工作速度快,存储密度大。这两种器件在后面的实验中将被使用,使用细节将结合具体应用再做讲解。

习　　题

1.1　参考如表 1 - 1 所列的交通灯的控制电路真值表,利用标准逻辑器件设计具体电路。绘制每一个数字集成电路的输入和输出波形。进行市场调研,计算完成整个电路所需要的器件成本。如果具有相关器件和实验设备的支持,组装实际的电路,测试每一个数字集成电路的输入和输出波形,并与分析所得的信号波形进行比较。

1.2　从 ALTERA 公司网站上下载 MAX7000 系列器件的技术手册,根据表 1 - 3 提供的利用 EPM7128SLC84 - 15 芯片实现前面提到的交通灯的控制电路占用的芯片资源情况,分析还有哪些芯片具有足够的资源完成设计。进行市场调研,计算完成整个电路所需要的器件成本。

1.3　进行市场调研,分析利用 EP2C35F672C - 6 芯片完成整个电路所需要的器件成本。注意该芯片的存储器为易失性存储器,如果需要独立工作还必须添加配置芯片。在电路成本中需要考虑配置芯片。

第 2 章　Quartus Ⅱ 开发软件

目　标

通过本章的学习,应掌握以下知识:

- 电子设计自动化(Electronic Design Automatic,EDA)的概念
- Quartus Ⅱ 开发软件的使用
- 工程的概念、建立以及使用
- 设计的输入
- 设计的编译
- 编译器的组成模块以及各个模块的功用
- 设计的仿真
- 仿真波形文件
- 观察节点
- 模拟时钟信号的产生

引　言

可编程逻辑器件内部包含可编程的"与"—"或"门阵列或者查找表结构以及可编程的触发器,这些资源提供了实现包括组合逻辑电路和时序逻辑电路的硬件基础。如果试图通过手工对每一个逻辑门的输入和触发器的工作状态进行"编程",可以想象那是多么的麻烦。在实际电路的组装方面,这样与基于标准逻辑器件设计数字系统相比并没有实质性的改变。

EDA 技术应用计算机克服了上述困难,为可编程逻辑器件的编程提供了一种简洁且方便的方法。EDA 技术使得设计者的工作仅限于利用软件的方式来实现系统的硬件功能。在电子设计自动化的工具平台上,设计者可以使用 HDL 描绘出硬件的结构和行为;接着完成设计文件的逻辑编译、逻辑综合、逻辑优化以及仿真测试;最后把完成的设计下载到可编程逻辑器件中。可编程逻辑器件被编程后,这个可编程逻辑器件便具有了相应的功能。

本章介绍 ALTERA 公司提供的 Quartus Ⅱ 可编程逻辑器件的集成开发软件。该软件是一种优秀的 EDA 平台,它提供了从设计输入、设计综合、仿真测试以及可编程逻辑器件的编程/配置等开发环节的全过程支持。

2.1　Quartus Ⅱ 简介

Quartus Ⅱ 是 ALTERA 公司提供的可编程逻辑器件的集成开发软件,是该公司前一代可编程逻辑器件的集成开发软件 MAX + plus Ⅱ 的更新换代产品。Quartus Ⅱ 集成开发软件支持可

编程逻辑器件开发的整个过程,它提供一种与器件结构无关的设计环境,使设计者能方便地进行设计输入、设计处理和器件编程。

Quartus Ⅱ集成开发软件适合多种平台的工作环境,其中包括 PC 的 Microsoft Windows XP。它支持更多种类的可编程逻辑器件的开发,同时也提供在片可编程系统(System on a Programmable Chip,SOPC)设计的综合性环境和基本设计工具。另外,Quartus Ⅱ集成开发软件也可以利用第三方软件的结果,并支持第三方软件的工作。

为加快应用系统的开发,Quartus Ⅱ集成开发软件提供了更多的知识产权模块(Intellectual Property,IP)。IP 是一些预先设计好的电路功能模块,在设计中使用这些模块不仅可以加快设计进程,而且还可以提高系统性能。

Quartus Ⅱ开发软件完成电路设计的整个过程如图 2 – 1 所示。

设计输入是将设计者所要设计的电路以开发软件要求的形式表达出来。利用 Quartus Ⅱ开发软件提供的编辑器,设计者能够编辑给定输入/输出要求的电路设计信息。Quartus Ⅱ开发软件支持硬件描述语言这样的文本输入方式和电路原理图这样的图形输入方式。

综合是将输入的电路设计信息转换成实现电路功能的逻辑资源需求,以及这些逻辑资源之间的连接关系。综合的结果称为网表文件,这个网表文件与具体的可编程逻辑器件芯片之间并没有直接的联系。

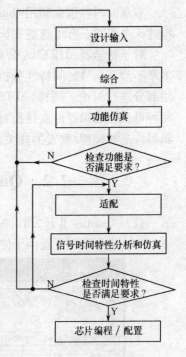

图 2 – 1　Quartus Ⅱ集成开发
软件的开发流程

功能仿真用来验证设计的正确性。完成设计信息的输入和综合并不等于能够实现希望的电路功能,这就像完成电路组装,或者完成计算机语言文件的编辑和编译,并不等于电路或者程序能够按照设计者的要求工作一样。为检查是否满足设计要求,Quartus Ⅱ开发软件提供采用时序图显示方式的电路功能模拟工具。利用这个电路功能模拟工具,需要的输入信号可以被编辑,电路各部分的输出信号波形可以被观察。设计者可以利用这些波形检查设计是否达到目的,或者检查出来产生影响的原因。需要注意,支持功能模拟的网表文件与具体的可编程逻辑器件芯片之间没有直接的联系,所以它没有考虑信号处理时的时间延迟。

适配也称布局布线。在确认设计能够达到要求的逻辑功能以后,就可以利用 Quartus Ⅱ开发软件包含的适配器把综合器产生的网表文件转换为指定可编程逻辑器件芯片内部逻辑资源的使用以及这些逻辑资源之间连接关系的芯片编程/配置文件。

模拟电子线路中使用的运算放大器的主要技术指标包括单位增益带宽,数字电路中使用的标准逻辑器件的主要技术指标包括最高时钟频率,不同的可编程逻辑器件芯片所支持的信号最高频率也是不同的。对选用的可编程逻辑器件芯片进行信号时间特性分析和仿真的目的是检查在高速信号情况下,使用的可编程逻辑器件芯片是否也能满足要求。

可编程逻辑器件芯片只有在下载了相应的设计文件以后才具有对应的逻辑功能。向 CPLD 芯片下载了相应设计文件的过程被称作为芯片编程;向 FPGA 芯片下载了相应设计文件的过程被称作为芯片配置。

PC 向可编程逻辑器件传送编程/配置数据可以使用 PC 的并行输出端口、串行输出端口、USB 端口以及网络端口。连接 PC 和可编程逻辑器件的转换电路通常被称为下载电缆。Quartus II 开发软件提供了 PC 输出端口选择、传送编程/配置数据格式选择以及控制下载过程的平台。

本章的内容包括利用 Quartus II 开发软件完成电路设计过程的设计输入、综合和功能模拟这 3 个步骤。有了这些知识就可以支持接着的 HDL 的学习。

对于初学者,ALTERA 公司提供的可编程逻辑器件基本可以满足所处理信号的时间特性,本章不涉及信号时间特性分析这部分内容,这部分内容将放到 Quartus II 开发软件的深入使用部分进行讨论。同样,ALTERA 公司的可编程逻辑器件具有多种编程/配置模式,但并不是每种可编程逻辑器件支持所有的编程/配置模式,因此,本书专门用一章来讲解涉及可编程逻辑器件芯片编程/配置的相关内容。

2.2 Quartus II 集成开发软件的工作窗口

打开 Quartus II 开发软件,如图 2－2 所示的画面将出现。图示的画面来自 Quartus II version 9.0,这个画面可能由于使用的软件版本不同而有一些差别。

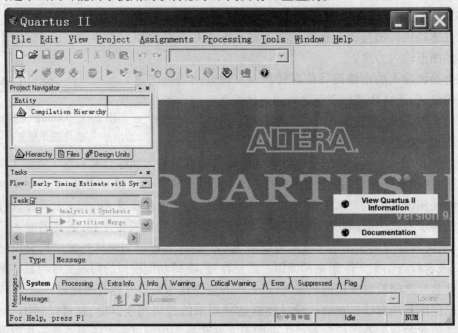

图 2－2 Quartus II 集成开发软件的工作窗口

图 2－2 所示的画面中从上到下依次为标题栏 Quartus II、一行操作命令菜单、两行操作命令的快捷键以及自动打开的 4 个工作窗口。这 4 个工作窗口分别为工程导航窗口 Project Navigator、任务窗口 Tasks、信息窗口 Messages 及当前仅显示 ALTERA QUARTUS II Version 9.0 的主窗口。

Quartus II 开发软件的大多数操作命令包含在画面最上面的标题栏 Quartus II 底下的操作命令菜单中,这些命令可以由单击鼠标左键来选择和执行。Quartus II 开发软件的大多数操作使用鼠标左键,但是也有少数一些操作需要使用鼠标右键。后面如果不特别指出,鼠标操作将默认为使用鼠标左键,需要使用鼠标右键的情况将专门指出。

2.3　创　建　工　程

Quartus Ⅱ开发软件对设计过程的管理采用工程方式。工程(Project)在有的文献中也称项目,保存着输入的电路设计信息和设计调试的环境信息等内容。在开始输入设计信息之前首先应建立一个工程。新建一个工程之前还需要建立一个文件夹,后面产生的工程文件以及源代码文件等都将存储在这个文件夹中。这个文件夹通常被电子设计自动化软件默认为工作库(Work Library)。

注意:不同的工程最好放在不同的文件夹中,同一工程的所有文件都必须放在同一文件夹中。

打开"创建新工程"对话框。在图2-2所示的 Quartus Ⅱ集成开发软件的工作窗口中,选择 File→New Project Wizard... 选项,打开的创建工程向导可以帮助用户创建一个新的工程。创建工程时首先出现新工程向导介绍,如图2-3所示。

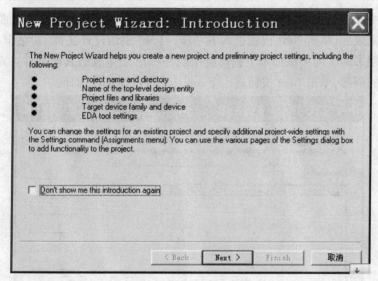

图2-3　新工程向导介绍

新工程向导帮助用户指定工程名和工程文件被存储的目录,指定顶层文件的名称,指定工程中需要用到的设计文件、其他可以借用的源文件、用户库,指定具体使用的可编程逻辑器件的系列和型号。

单击如图2-3所示的 Next 按钮弹出 New Project Wizard 对话框,如图2-4所示。该对话框用来指定工程文件被存储的位置,指定工程名称,指定顶层文件名称的对话框。

图2-4所示的对话框中的第1行表示工程所在的文件夹;指定存储工程的文件夹对话框,需要输入包含完全路径的文件夹名称,或者使用... 按钮找出这个文件夹。建议在输入的路径名称和文件夹名称中不要包含中文字符。

在第2个文本行,"工程名称"对话框,应该输入工程的名称。这个对话框后面的... 按钮用于找出已经存在,这里还将使用的工程文件。在第三个文本行,顶层文件名称对话框,应该输入顶层文件的名称。这个对话框后面的... 按钮用于找出已经存在,这里还将使用的顶层文件。同样建议工程名称和顶层文件名称中不要包含中文字符。另外建议存储工程中文件的文件夹的

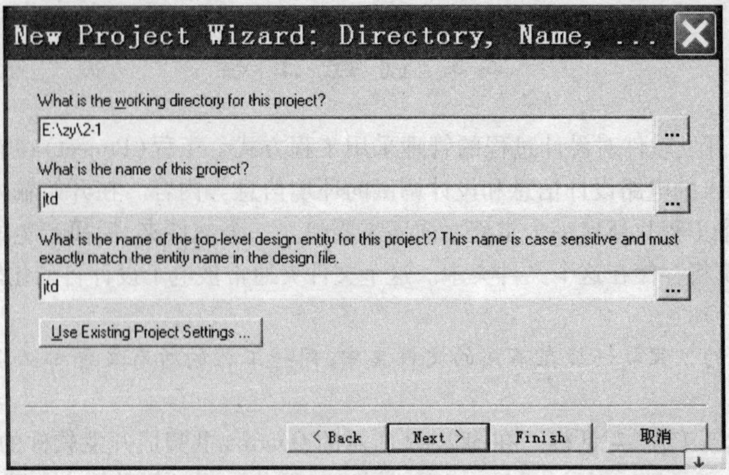

图2-4 New Project Wizard 对话框

名称、工程文件的名称以及顶层文件的名称选择成同样的名称,以免产生不必要的麻烦。

上述工作完成后,单击 Next 按钮进入下一步,打开"添加设计文件"对话框,如图2-5所示。该对话框用来向工程中添加本工程将使用的一些已经完成的其他文件。对于初学者,由于没有可借用的资源,单击 Next 按钮进入下一步,进行目标芯片选择。

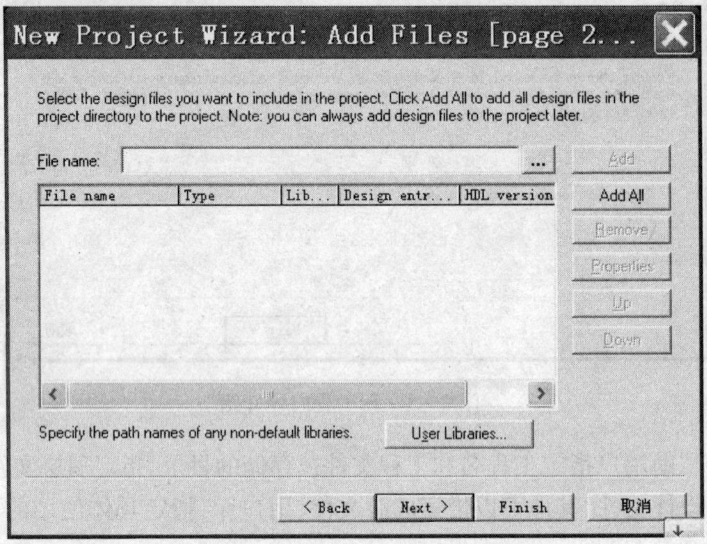

图2-5 "添加设计文件"对话框

图2-6所示为"选择目标芯片"对话框,目标芯片就是将要装载读者设计的可编程逻辑芯片。当可编程逻辑器件被编程以后,这个可编程逻辑器件便具有了相应的功能。

"选择目标芯片"对话框中的 Family 栏中列出该版本 Quartus Ⅱ集成开发软件支持的所有 ALTERA 公司的可编程逻辑器件系列。这里选择了 MAX7000S CPLD 系列。

Target device 栏目有2个选项:Auto device selected by the Fitter 和 Specific device selected in "Available devices" list。前者为 Quartus Ⅱ开发软件的默认选项,这时适配器将根据所设计电路需要的逻辑资源自动在选定的可编程逻辑器件系列中选择合适的芯片;后者需要设计者在 Available devices 栏目中指定任意芯片。只要设计者在 Available devices 栏目中指定任意一

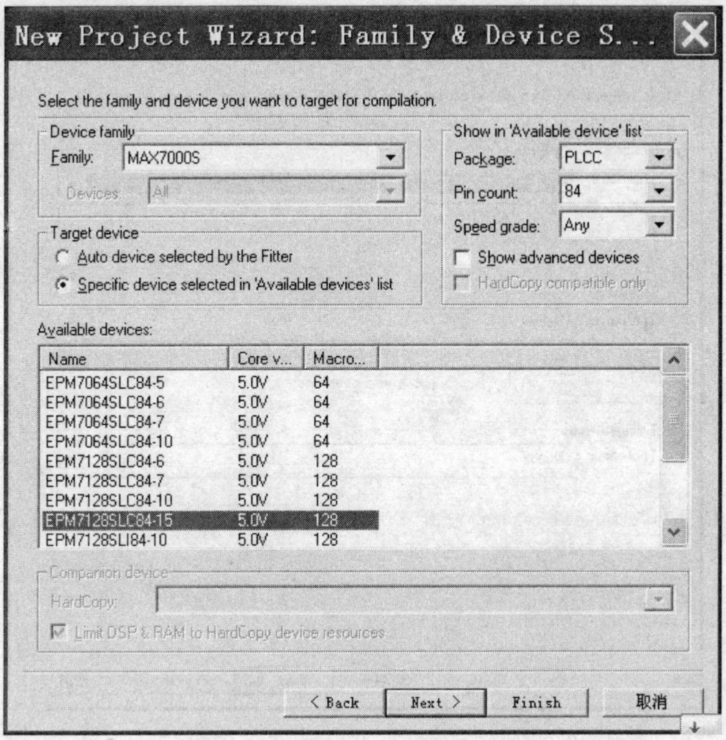

图 2-6　"选择目标芯片"对话框

种芯片,后者将被自动选择。

　　完成系列选择以后,在 Available Device 栏中选择具体的芯片。同一芯片系列具有许多不同的规格、包装形式和质量等级的芯片。这里选择的具体芯片为 EPM7128SLC84-15。芯片名称中的 EPM 表示它为 MAX 系列复杂可编程逻辑器件系列;7128 表示为 7000 子系列中的一种芯片;S 表示它具有重复编程等特性;L 表示芯片的包装形式为 PLCC 形式;C 表示芯片为商业级,不同的级别具有不同的工作温度范围;84 表示芯片具有 84 个管脚;-15 表示芯片的速度等级。

　　Show in"Available devices"list 栏目的选择将影响 Available devices 栏目列出的芯片型号数量。当该栏目的 3 个下拉菜单全部选择为 Any,并且在不选择 Show advanced device 项目时,Available devices 栏目列出选定的可编程逻辑器件系列中所有芯片的型号。

　　注意:Show advanced device 项目的默认状态为选择,这样一些低端芯片将不会显示出来。利用该栏目的下拉菜单可以限制显示的芯片特性来方便选择。图 2-6 中 Package 下拉菜单指定目标芯片的包装形式为 PLCC;Pin count 下拉菜单指定目标芯片的管脚数量为 84。通过这样的指定,将减少 Available devices 栏目列出的芯片型号数量,方便目标芯片的选择。

　　完成目标芯片的选择,单击如图 2-6 所示的 Next 按钮进入下一步,打开"EDA 工具选择"对话框,如图 2-7 所示。

　　在此对话框框中可以选择其他 EDA 工具。这里采用默认的选择,对该对话框不作变更,直接单击 Next 按钮,表示使用 Quartus Ⅱ 集成开发软件中自带的综合器、仿真器等 EDA 工具。单击 Next 按钮后,显示"工程设置总结"对话框,如图 2-8 所示。

　　图 2-8 显示了被创建工程的所有信息。单击如图 2-8 所示的 Finish 按钮将完成工程的创建过程。

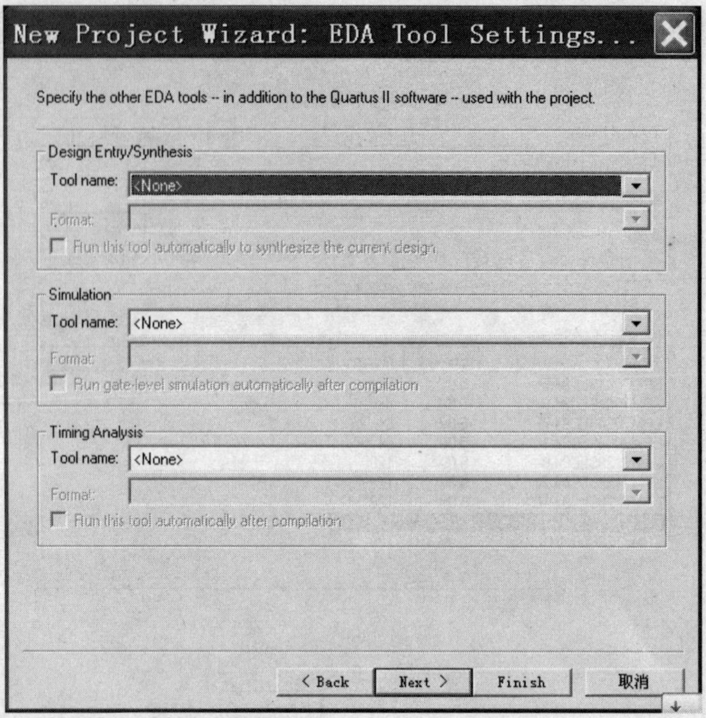

图 2 - 7 "EDA 工具选择"对话框

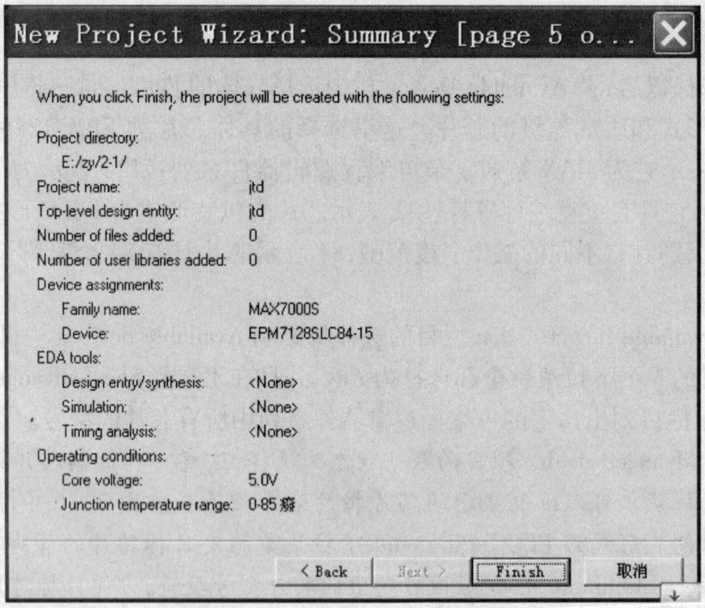

图 2 - 8 "工程设置总结"对话框

随着工程的建立,Quartus Ⅱ集成开发软件的工作窗口也发生变化,如图 2 - 9 所示。标题栏"Quartus Ⅱ"中出现了建立的工程,保存的工程文件夹名称和存储路径。

左上方的工程导航窗口 Project Navigator 中出现工程标志。工程导航窗口具有 3 个可以互相切换的标签:Hierarchy、Files 和 Design Units。Hierarchy 标签提供工程使用的可编程逻辑芯片逻辑单元、寄存器以及存储器资源的使用信息。任务窗口 Tasks 现在也已经被激活。

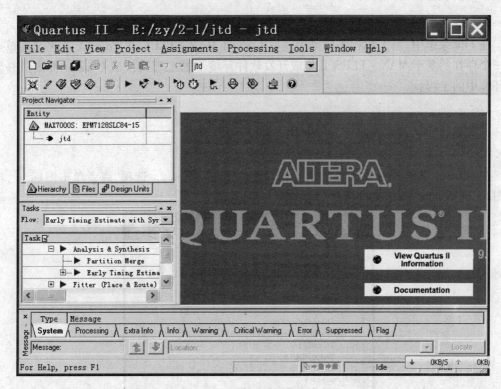

图 2-9　Quartus Ⅱ 集成开发软件的工作窗口

　　选择 File→Save Project 选项可以存储当前的工程,该工程应该被存储在图 2-4 所示的目录对话框中输入的工程文件被存储的目录。选择 File→Close Project 将关闭当前的工程。

　　再次打开一个存在的工程可以通过选择 File→Open Project 来实现。选择这个菜单使得"打开工程"对话框出现,如图 2-10 所示,在查找范围中选择将要打开的工程被存储的文件夹名,列表框中将出现该文件夹中的所有工程,选择将要打开的工程,单击"打开"按钮即可打

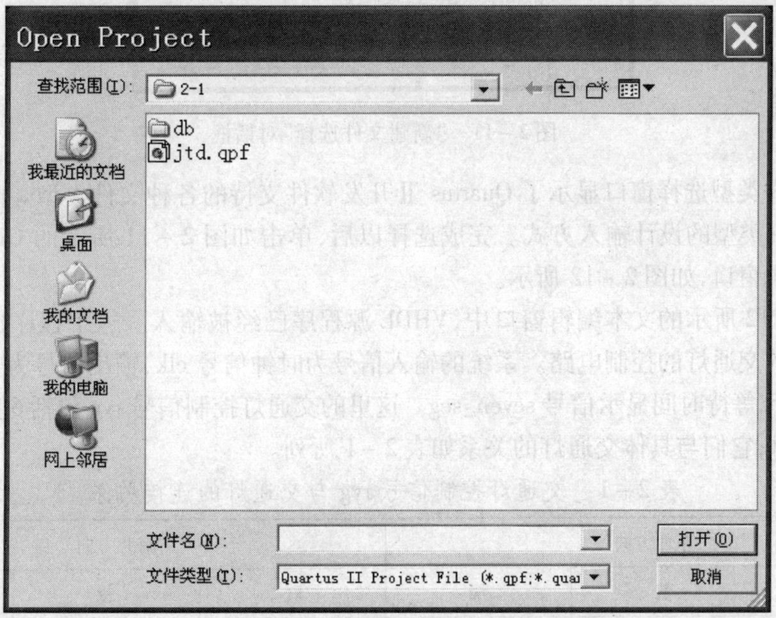

图 2-10　"打开工程"对话框

开一个存在的工程。

在 File 菜单中,与工程相关的菜单还有 Convert MAX + PLUS Ⅱ Projec...,这个菜单可以把一个存在的基于 MAX + PLUS Ⅱ集成开发软件环境下的工程转换成 Quartus Ⅱ集成开发软件环境中的工程。

2.4　设计的输入

在 Quartus Ⅱ集成开发软件的工作窗口选择 File→New... 选项,或者单击图标 ▯,出现如图2－11所示的"新建文件选择"对话框。

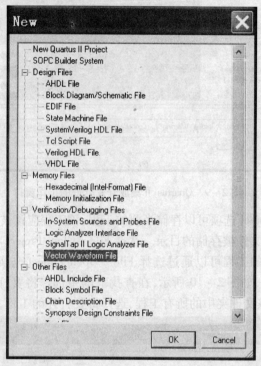

图2－11　"新建文件选择"对话框

新建文件类型选择窗口显示了 Quartus Ⅱ开发软件支持的各种文件类型。图中当前选择了 VHDL File 类型的设计输入方式。完成选择以后,单击如图2－11所示的 OK 按钮将打开一个文本编辑窗口,如图2－12所示。

在图2－12所示的文本编辑窗口中,VHDL 源程序已经被输入。这个程序也用来实现在第1章提到的交通灯的控制电路。系统的输入信号为时钟信号 clk,输出信号为交通灯控制信号 ryg 和通行/等待时间显示信号 seven_seg。这里的交通灯控制信号 ryg 包括6路输出,从 reg[5]到 reg[0],它们与具体交通灯的关系如表2－1所列。

表2－1　交通灯控制信号 ryg 与交通灯的连接关系

东西方向			南北方向		
红	黄	绿	红	黄	绿
reg[5]	reg[4]	reg[3]	reg[2]	reg[1]	reg[0]

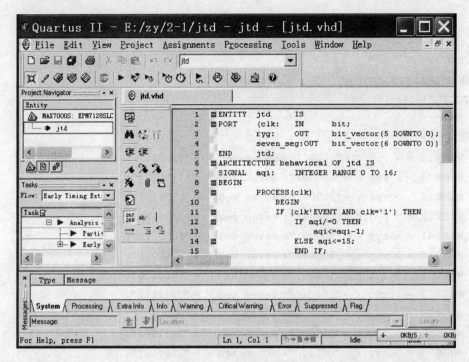

图 2-12　文本编辑窗口

通行/等待时间显示信号 seven_seg 包括 7 路输出,从 seven_seg [6] 到 seven_seg [0],它们分别与数码管从 g 到 a 的 7 个输入端相连接。数码管采用共阴极数码管,在不需要显示小数点的情况下小数点输入端直接接地。通行/等待时间显示信号 seven_seg 输出与数码管各个输入端的连接关系如表 2-2 所列。

表 2-2　通行/等待时间显示信号 seven_seg 与数码管各输入端的连接关系

g	f	e	d	c	b	a
seven_seg [6]	seven_seg [5]	seven_seg [4]	seven_seg [3]	seven_seg [2]	seven_seg [1]	seven_seg [0]

图 2-12 所示的文本编辑窗口中列出的交通灯控制程序 jtd. vhd 清单如程序示例 2-1。这里列出一个完整程序的目的是支持 Quartus Ⅱ 集成开发软件的使用举例。

程序示例 2-1:

```
ENTITY    jtd  IS
PORT      (clk:  IN bit;
          ryg:  OUT  bit_vector(5 DOWNTO 0);
          seven_seg: OUT   bit_vector(6 DOWNTO 0));
END       jtd;
ARCHITECTURE behavioral OF jtd IS
SIGNAL   aqi:  INTEGER RANGE 0 TO 15;
BEGIN
  PROCESS(clk)
    BEGIN
    IF (clk'EVENT AND clk = '1') THEN
      IF aqi/ = 0 THEN
        aqi < = aqi - 1;
```

```
        ELSE aqi < =15;
        END IF;
      END IF;
    END PROCESS;
    PROCESS(aqi)
      BEGIN
      CASE aqi IS
      WHEN 15 = > ryg < = "100001"; seven_seg < = "0000111";
      WHEN 14 = > ryg < = "100001"; seven_seg < = "1111101";
      WHEN 13 = > ryg < = "100001"; seven_seg < = "1101101";
      WHEN 12 = > ryg < = "100001"; seven_seg < = "1100110";
      WHEN 11 = > ryg < = "100001"; seven_seg < = "1001111";
      WHEN 10 = > ryg < = "100001"; seven_seg < = "1011011";
      WHEN  9 = > ryg < = "100001"; seven_seg < = "0000110";
      WHEN  8 = > ryg < = "100010"; seven_seg < = "0111111";
      WHEN  7 = > ryg < = "001100"; seven_seg < = "0000111";
      WHEN  6 = > ryg < = "001100"; seven_seg < = "1111101";
      WHEN  5 = > ryg < = "001100"; seven_seg < = "1101101";
      WHEN  4 = > ryg < = "001100"; seven_seg < = "1100110";
      WHEN  3 = > ryg < = "001100"; seven_seg < = "1001111";
      WHEN  2 = > ryg < = "001100"; seven_seg < = "1011011";
      WHEN  1 = > ryg < = "001100"; seven_seg < = "0000110";
      WHEN  0 = > ryg < = "010100"; seven_seg < = "0111111";
      WHEN OTHERS = > NULL;
      END CASE;
    END PROCESS;
  END behavioral;
```

在文本编辑窗口输入上述程序之后,选择 File→Save As... 可以完成程序的第一次存储。

注意:程序必须被存储在文件夹 jtd 之内,文件名也为 jtd,扩展名采用 vhd。如果对超高速集成电路硬件描述语言(VHDL)程序进行了修改,再次存储文件则可以选择 File→Save 来实现。

接着要做的是把代码 jtd. vhd 加入工程,选择 Project→Add Current File to Project 完成。代码 jtd. vhd 加入工程后,在工程导航窗口的 Files 标签中可以看到 jtd. vhd 被加入到"Files"文件夹中。

2.5 设计的编译

使用 HDL 这样的抽象工具进行系统设计可以使设计者集中精力于系统功能的实现,而不必关心具体的电路结构。要把利用 HDL 完成的设计转换成可以对可编程逻辑器件进行编程的文件必须进行编译,这个过程也称综合。它类似于用高级语言编程,然后再用编译器将高级语言程序转换成机器代码的过程。

尽管从表面上看,HDL 和其他高级语言的编译过程都是一种描述方法的转换过程,但是它们之间还是具有许多本质性的区别。高级语言编译产生的机器代码对应于某种特定的

34

CPU,脱离了特定的硬件环境,机器代码将失去意义。机器代码不代表硬件结构,更不能改变硬件结构。编译的过程不需要与硬件相关的器件库和工艺库的参与,基本属于一种一一对应的"翻译"过程。

HDL 编译将产生描述电路结构的网表文件,网表文件不依赖于任何特定硬件结构,可以轻易地被移植到任意通用硬件环境中,例如,各种 CPLD 或者 FPGA 芯片。另外,在把 HDL 表达的电路功能转换成表达电路具体结构的网表文件的过程中,它不是机械的一一对应的"翻译"过程,还必须根据设计库、工艺库以及预先设置的各类约束条件,选择最优的方式完成电路结构的形成。

Quartus Ⅱ 开发软件的编译器包括多个独立的模块。在 Tasks 任务窗口的 Flow 栏中选择 Compilation,下面的 Task 栏目中将显示出编译器包括的各个模块,如图 2-13 所示。

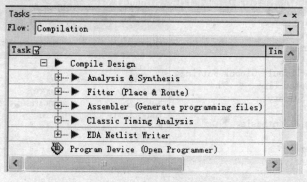

图 2-13　Tasks 任务窗口

由鼠标单击每个模块前面的图形符号,该模块将被执行。需要注意,上述各个模块的执行需要遵循一定的顺序。表 2-3 列出编译器包含的每个模块的功能以及各个模块执行需要满足的顺序。

表 2-3　编译器模块功能描述

模块	功 能 描 述
Analysis & Synthesis	创建工程数据库,设计文件的逻辑综合,设计逻辑到器件资源的技术映射
Fitter	在运行 Fitter 之前,Analysis & Synthesis 必须成功地执行; 完成设计逻辑在器件中的布局和布线,选择适当的器件内部互连路径,引脚分配和逻辑单元分配
Assembler	在运行 Assembler 之前,Fitter 必须成功地执行; 产生多种形式的可编程逻辑器件的编程映像文件
Clasisic Timing Analysis	在运行 Clasisic Timing Analysis 之前,Fitter 必须成功地执行; 计算给定设计在给定器件上的延时,并注释在网表文件中,完成设计的时序分析和逻辑性能分析
EDA Netlist Writer	在运行 EDA Netlist Writer 之前,Fitter 和 Timing Analyzer 必须成功地执行; 产生用于第三方 EDA 工具的网表文件和其他输出文件
Program Device	在运行 Program Device 之前,Assembler 必须成功地执行; 编程/配置可编程逻辑器件

鼠标双击 Compile Design 前面的图形符号可以自动完成 Task 栏目中前 4 步的操作。建议初学者采用这样的方法,因为初学者的设计一般不会太复杂,因此不管有些模块的工作结果是否需要,这也不会花费多少时间。选择 Processing→Start Compilation 也可以自动完成 Task 栏目中前 4 步的操作。

完成 Task 栏目中前 4 步的操作被称为全编译,启动全编译过程之后,图 2-13 中的 Time 栏目将开始计时,利用它可以观察执行每个模块需要的时间以及完成全编译过程需要的时间。同时信息窗口在编译的过程中也在不断地显示编译信息。

编译过程结束后,窗口将显示编译是否成功,是否有错误信息,是否有警告信息。如果有错误,编译将不会成功;对于初学者,警告信息目前可以不去关注,它对后面的工作影响不大。

图 2-14 所示的编译报告显示了设计的系统占用所使用器件的资源情况。这里设计的交通灯的控制系统需要占用 EPM7128SLC-15 可编程逻辑器件 128 个宏单元中的 16 个(13%),68 个输入/输出管脚中的 18 个(26%)。相对于基于标准逻辑器件实现数字系统,使用可编程逻辑器件可以大大减小器件的数量,因此,可以减小系统体积,提高系统的可靠性。

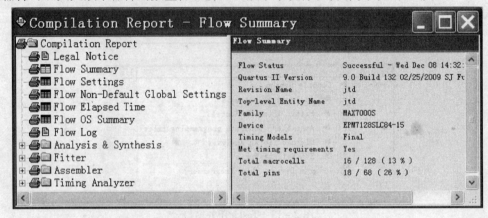

图 2-14　Quartus Ⅱ集成开发软件的编译器窗口

在不加人工干预的情况下,编译器将自动完成目标器件的管脚分配。如果需要指定目标器件的管脚用途,例如,印制电路板已经完成制作,这时可以通过在 Quartus Ⅱ集成开发软件工作窗口选择菜单 Assignments→Pins 来实现。

2.6　设计的功能仿真

完成了设计的输入和编译,还需要利用仿真工具对设计进行仿真,因为编译过程只检查了设计是否具有规则错误和所选择器件的资源是否满足设计要求,并没有检查设计要求的功能是否满足。仿真的过程就是让计算机根据一定的算法和一定的仿真库对设计进行模拟,以验证设计和排除错误。

Quartus Ⅱ集成开发软件提供系统功能仿真工具和时序仿真工具。由于功能仿真在设计综合之后就可以进行,而设计综合的结果与具体的芯片无关,因此,功能仿真的输出信号和输入信号之间没有时间延迟,它可以理解为是一种理想的电路分析结果。

时间模拟需要在完成设计适配之后才能进行。由于进行设计适配必须指定所使用的具体芯片型号,这时不仅可以完成输入信号和输出信号之间的功能关系模拟,而且也能够提供各种信号之间的时间延迟信息。利用时序仿真工具,设计者可以测试所选用的器件是否满足系统工作速度的要求。

2.6.1　创建仿真波形文件

在进行系统功能仿真之前,需要创建仿真波形文件,也称矢量波形文件(.vwf),该文件以

36

波形图的形式描述系统在仿真输入信号的作用下产生的系统输出仿真信号。在 Quartus Ⅱ 集成开发软件的工作窗口使用菜单 File→New... 可以打开如图 2-11 所示的新建文件选择对话框。

在"新建文件选择"对话框中选择 Verification/Debugging Files 类型文件下面的 Vector Waveform File,单击 OK 按钮,这时的波形编辑器窗口将出现。

在 Quartus Ⅱ 集成开发软件的工作窗口使用菜单 File→Save As... 可以打开"保存为"对话框。这个对话框自动给出文件存储的文件夹、文件名和文件类型,只要单击【保存】按钮就可完成矢量波形文件的保存,这时的波形编辑器窗口如图 2-15 所示。

注意:在"保存为"对话框中要选中 Add file to current project 复选框,使得这个文件加入到当前的工程之中。

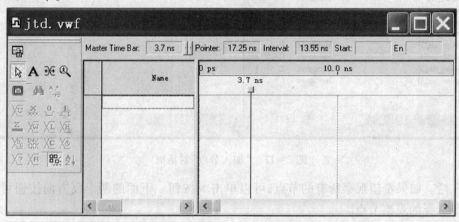

图 2-15　空白的波形编辑器窗口

图 2-15 所示波形编辑器的内容目前还是空的,在进行系统功能仿真之前需要加入系统的输入节点和希望检查的输出节点。在图 2-15 所示的波形编辑器窗口 Name 列的空白处单击鼠标右键,在弹出的菜单中选择 Insert Node or Bus... 可以打开 Insert Node or Bus 对话框,如图 2-16 所示。

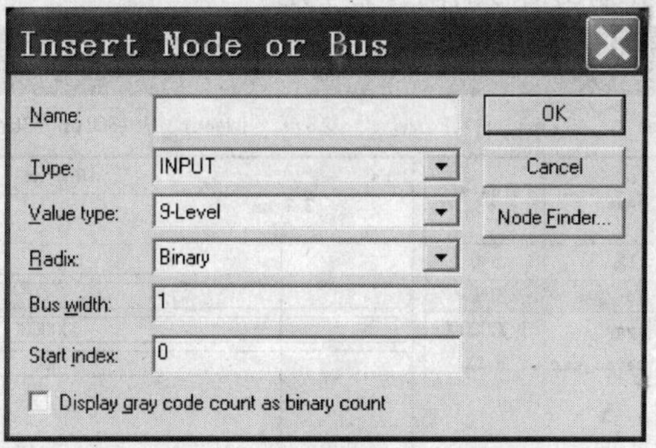

图 2-16　Insert Node or Bus 对话框

在 Insert Node or Bus 对话框中单击 Node Finder... 按钮可以打开"加入节点"对话框,如图 2-17 所示。

图 2-17 中 Filter 框中现在为 Pins:all,单击 List 按钮可以在左侧 Nodes Found 栏中列出所有的输入节点和输出节点,选择希望观察的节点,单击≥按钮可以将该节点送入右侧的 Select-

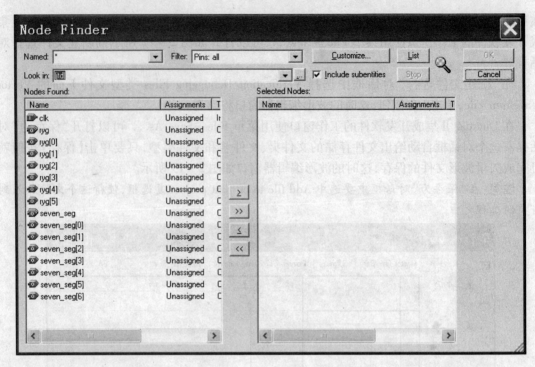

图 2－17　"加入节点"对话框

ed Nodes 栏。如果希望观察所有的节点,可以单击≫按钮。下面的两个反方向按钮可以用来取消已经选择的观察节点。

在 Filter 框中还可以选择其他类型的节点,例如,选择 Registers:pre－synthesis,单击 List 按钮可以列出信号 aqi。采用同样的方法,也可以使这样的中间信号被观察,使得系统的功能验证和错误排除更加方便。

完成希望观察节点的选择,在图 2－17 中单击 OK 按钮,Insert Node or Bus 对话框再次出现,单击该对话框的 OK 按钮,波形编辑器出现希望观察的节点,如图 2－18 所示。这时输入信号没有加入,中间信号和输出信号的内容为不定。

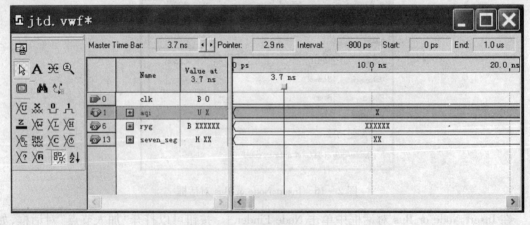

图 2－18　波形编辑器窗口

在 Quartus Ⅱ集成开发软件的工作窗口使用菜单 View→Utility Windows→Node Finder 也可以在波形编辑器窗口加入希望观察的节点。这时在 Node Finder 列出的节点中选择要加入

38

波形编辑器的节点,然后按住鼠标左键,拖动到波形编辑器的 Name 列的空白处放开即可。

图 2 – 18 中的信号数值显示格式默认为 Binary,也可以采用其他格式来方便观察。用鼠标选择希望进行显示格式变换的信号,单击鼠标右键,并选择 Properties 将打开如图 2 – 19 所示的"信号特性选择"对话框。

"信号特性选择"对话框中的 Radix 框可以选择希望的信号数值显示格式来方便观察。例如,在图 2 – 18 中,输出信号 ryg 选择 2 进制数据格式 Binary,这样每 1 位表示每一个交通信号灯的显示状态;信号 seven_seg 选择 16 进制数据格式 Hexadecimal,直接显示数码管的显示代码。

如果系统的输入信号为周期性的时钟信号,可以在它的名称左边的标志上点击鼠标右键,从弹出的菜单中选择 Value→Clock... 打开"时钟信号设置"对话框,如图 2 – 20 所示。

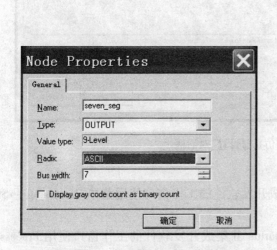

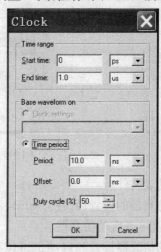

图 2 – 19 "信号特性选择"对话框   图 2 – 20 "时钟信号设置"对话框

图 2 – 20 中时钟周期设置为 10ns,这对于像交通灯的控制这样的应用系统是不合适的,但是如果仅用来检查系统输出逻辑是否满足要求,这没有什么影响。当然也可以设置周期为 1s,不过这时需要更改仿真结束时间,默认的仿真结束时间为 1μs。在 Quartus Ⅱ 集成开发软件的工作窗口选择菜单 Edit→End Time 可以打开"结束时间"对话框,利用这个对话框可以改变仿真结束时间。需要注意,有时当仿真结束时间太长可能使得开发软件的工作不正常。

2.6.2 设计的功能仿真

Quartus Ⅱ 集成开发软件提供系统功能仿真工具和时序仿真工具,因此,在仿真之前需要对仿真器进行设置。在 Quartus Ⅱ 集成开发软件的工作窗口使用菜单 Assignments→Settings... 可以打开 Settings 对话框,在对话框的 Category 列表中选择 Simulator 选项就可以打开"仿真器设置"对话框,如图 2 – 21 所示。

在仿真器设置对话框中,Simulation mode 框中的下拉菜单列出了 Quartus Ⅱ 开发软件支持的 3 种仿真方式:Functional 为功能仿真;Timing 为时间仿真;Timing using Fast Timing Model 快速时间模式仿真。由于要进行设计的功能仿真,所以选择 Functional。Simulation input 文本输入框用来指定仿真波形文件。对话框中的其他选项采用默认值。

在功能仿真开始前应该选择 Processing→Generate Functional Simulation Netlist 选项,产生

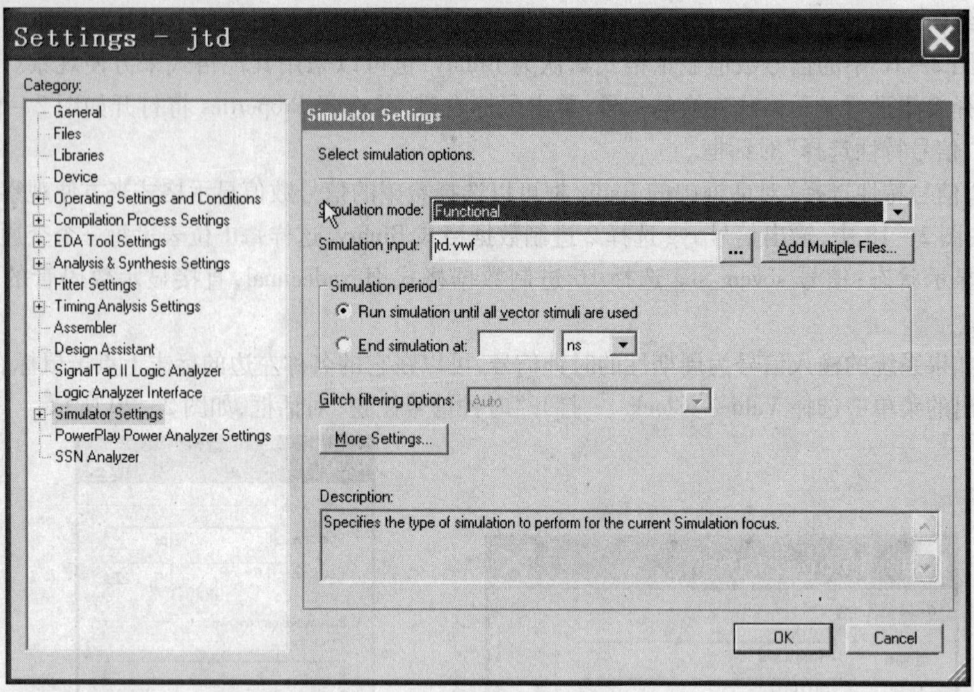

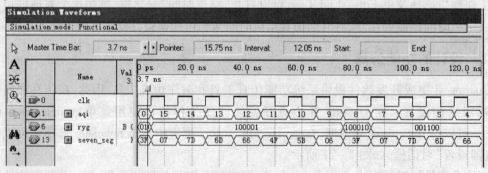

图 2 - 21 "仿真器设置"对话框

功能仿真网表文件。

完成仿真器的设置后,在 Quartus Ⅱ 集成开发软件的工作窗口使用菜单 Processing →Start Simulation 就可以启动仿真器。

上述的仿真器设置和启动也可以在 Quartus Ⅱ 集成开发软件的工作窗口使用 Processing 菜单实现。选择 Processing→Simulator Tool 可以打开 Simulator Tool 对话框,这个对话框既可以实现仿真器的设置,也可以启动仿真器。

在仿真过程中,仿真器报告窗口自动打开。设计仿真结束后,各种仿真报告可以通过仿真器报告窗口左边的文件夹来打开,图 2 - 22 显示了文件夹中的功能仿真波形 Simulation Wave-forms。

图 2 - 22 功能仿真波形报告窗口

在仿真结果输出窗口中,第 1 行信号波形为启动仿真之前添加的时钟信号 clk。第 2 行信号波形为中间信号 aqi 的仿真结果。第 3 行为交通灯控制信号 ryg 的仿真结果。交通灯控制信号 ryg 由 6 个独立的信号组成,点击交通灯控制信号 ryg 左侧的"＋"号标志可以同时显示这

6 个独立的信号。交通灯控制信号 ryg 的 6 个独立信号显示以后,信号 ryg 左侧的标志变为
"–"号,单击这个标志可以收回独立信号的显示。最底下一行为数码管控制信号 seven_seg,
这个信号也由 7 个独立的信号组成,每个信号将同 7 段数码管的对应输入管脚相连接。

2.6.3 设计的时序仿真

在图 2-21 所示的"仿真器设置"对话框中,在 Simulation mode 框中的下拉菜单中选择
Timming,以完成时序仿真。

只要完成设计适配,时序仿真就可以进行,不需要产生功能仿真所需的网表文件的支
持。这也是前面进行设计综合采用全编译的一个原因。

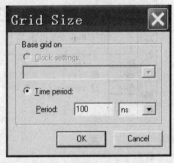

时序仿真考虑了信号传输存在的时间延迟,而且这个延迟
时间还与具体的芯片有关,因此,这时需要合理的设置进行电
路时间模拟的时间单位和电路模拟的工作时间。选择 Edit→
Grid Size... 选项,打开如图 2-23 所示的 Grid Size 对话框进
行设置。

Quartus Ⅱ 开发软件默认的时间单位为 10ns,这个数值有
点小。太小的这个数值将由于信号的传输延迟使得信号之间
的逻辑关系的观察不方便。以本章选择的目标芯片
EPM7128SLC-15 为例,它的管脚到管脚直接传输的延迟时间
就达到 15ns。为方便信号之间的逻辑关系的观察,这里选择这
个时间单位为 100ns。

图 2-23 Grid Size 对话框

选择 Edit→End Time...,打开如图 2-24 所示的 End Time 对话框对电路仿真工作时间进
行设置。电路仿真工作时间由文本框 Time 来指定。这个时间需要大于电路至少一个周期的
工作时间。如果这里交通灯控制电路的时钟周期选择 100ns,它的一个完整工作周期需要 16

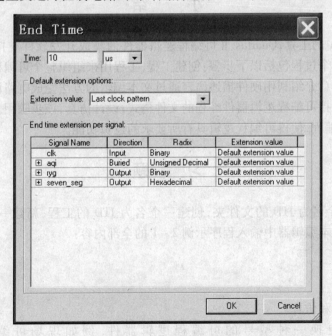

图 2-24 End Time 对话框

个时钟信号,那么电路仿真工作时间至少需要 1.6μs。

启动时序仿真同样是通过在 Quartus Ⅱ 开发软件的工作窗口选择 Processing→Start Simulation 来实现。完成时序仿真以后的仿真器输出窗口如图 2 – 25 所示。图 2 – 25 中时钟周期设置为 100ns。虽然这已经克服了在芯片中信号的传输延迟对信号波形的正确观察的影响,这对于像交通灯控制这样的应用系统是不合适的。如果仅用来检查系统输出逻辑是否满足要求,这样做并没有什么影响。当然读者可以设置周期为 1s,不过不建议这样做,因为电路仿真工作时间太长有可能使得开发软件的工作不正常。

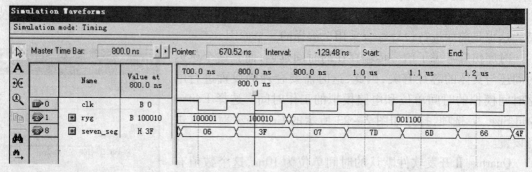

图 2 – 25   时序仿真输出波形

比较如图 2 – 22 所示的功能仿真输出窗口和图 2 – 25 所示的时序仿真输出窗口,前者输入时钟信号前沿到来时,输出信号将立即做出相应的变化;后者输出信号相对于时钟信号有一定的延迟。例如,在图 2 – 25 中,信号 ryg 包括 6 路信号。在时钟信号 clk 的作用下,它们将发生各自相应的响应,由于响应发生的时间不同,这将导致信号 ryg 从 100010 变为 001100 之间存在一段状态不确定的时间。

小　结

作为一种 EDA 的工具,Quartus Ⅱ 可编程逻辑器件的集成开发软件支持可编程逻辑器件开发的全过程。这个过程包括以下步骤:创建工程,工程用来组织整个可编程逻辑器件开发的过程;设计输入,本章介绍利用硬件描述语言通过文本编辑的方法完成电路设计;设计编译,把设计输入转换为支持可编程逻辑器件编程的文件格式;设计仿真,该步骤用来检查设计是否满足逻辑要求;器件编程,使得可编程逻辑具有所要求的逻辑功能。

习　题

2.1　建立一个名为 JTD 的文件夹,创建一个名为 JTD 的工程,新建一个名为 JTD. VHD 的设计文件。在文本编辑器中输入程序示例 2 – 1 的全部内容:

```
ENTITY   jtd   IS
 ⋮
END behavioral;
```

完成设计编译和仿真。

2.2　任意更换一种型号的可编程逻辑器件,例如现场可编程门阵列器件 EP2C35F672C – 6,完成设计编译和仿真。比较这时的仿真波形与采用复杂可编程逻辑器件

42

EPM7128SLC84 – 15的区别。

2.3　在 Quartus Ⅱ集成开发软件的工作窗口选择菜单 Edit→End Time 可以打开"结束时间"对话框,利用这个对话框可以改变仿真结束时间为 10μs,再把时钟周期更改为 0.5μs,完成设计编译和仿真。比较这时的仿真波形与采用时钟周期为 10ns 的区别。

2.4　在 Quartus Ⅱ集成开发软件工作窗口选择菜单 Assignments→Setting... 可以打开 Settings 对话框。选择 Analysis & Synthesis 选项可以优化编译过程。分别在编译前指定编译器以工作速度为优先选择、以占用尽可能少的器件资源为优先选择或者折中考虑工作速度和占用器件资源为选择,完成设计的编译,比较不同的选择时对器件资源的占用情况。

第3章 VHDL 程序的结构

目 标

通过本章的学习，应掌握以下知识：

- 硬件描述语言(HDL)
- VHDL 程序的最简单结构
- 实体(ENTITY)
- 端口(PORT)
- 结构体(ARCHITECTURE)
- 信号(SIGNAL)
- VHDL 程序的结构
- 库(LIBRARY)
- 程序包(LIBRARY)
- 配置(CONFIGURATION)

引 言

数字电路描述的最新流行趋势是 HDL，也就是基于文本方式的数字电路描述。相对于其他形式的数字电路描述方法，真值表、布尔表达式、电路图和信号波形图，在计算机输入时，硬件描述语言具有很大的优势。

即使使用当前最先进的计算机，如果使用人类语言来描述数字电路，并希望计算机能够理解设计者的意图，这仍然是不可能的。计算机要求定义具有更严格规则的语言。HDL 有许多种，其中 VHDL 和 Verilog HDL 这两种 HDL 已经成为 IEEE 的标准，它们各有特色，感兴趣的读者可学习《VHDL 与 VerilogHDL 比较学习及建模指导》(国防工业出版社)。

学习的目的是应用，而且学习一种知识的最有效方法之一就是在实际应用中学习。本书没有采用逐条讲解语法定义的方法描述 VHDL，而是通过一系列实际应用来学习这门语言，因为有些语言功能是建立在一些基本语言功能之上的，没有一点应用基础学习复杂的语法功能非常困难。

书中给出的程序示例都可以独立运行。希望能够完成这些程序示例的输入、编译和仿真，获得对 VHDL 更深入、更形象的了解。本书中的源代码可在 www. ndip. cn 上下载。上一章仅仅描述了 Quartus Ⅱ 集成开发软件的最基本的特性，边使用边学习的方法同样适用于这部分内容的深入学习。

3.1 VHDL 语言的产生及发展

VHDL 语言的全称是超高速集成电路硬件描述语言(Very High Speed Integrated Circuit

Hardware Description Language），考虑在 HDL 前添加首字母的缩写太长，更重要的是当时考虑军事保密的原因，因此该语言简称为 VHDL。该语言是美国国防部为了解决电子系统众多承包公司的设计描述不统一而发起创建的，因为不同的公司采用不同的设计语言使得它们的设计不能彼此互相利用，这就造成重复设计和系统间信息交换困难以及维护困难。

美国国防部于 1981 年 6 月成立 VHDL 工作小组，该小组提出了一个满足电子设计各种要求的、能够作为工业标准的硬件描述语言。1983 年第三季度，TI 公司、IBM 公司和 Intermetics 公司开始联合开发 VHDL 的语言版本和开发环境。1986 年 IEEE（The Institute of Electrical and Electronics Engineers）标准化组织开始审查 VHDL 标准。通过一年多的工作，在 1987 年 12 月 IEEE 接受 VHDL 为一种标准的硬件描述语言，这就是我们在许多资料中可以看到的 IEEE Std 1076 – 1987。

从 1988 年 9 月 30 日开始，美国国防部开始实施新的技术标准，要求电子系统开发商的合同文本一律采用 VHDL 文档，于是 VHDL 标准得到推广、实施和普及，并逐渐演变成为一种工业标准。在此之后，许多公司相继推出自己的 VHDL 设计环境，或者宣布自己的设计工具支持这种语言。

创建 VHDL 的最初目标是用于标准文档的建立和系统功能的模拟，基本想法是在高层次上描述系统或元件的行为。到了 20 世纪 90 年代初，人们发现 VHDL 不仅可以作为系统模拟的建模工具，而且也可以作为电路和系统的设计工具，即可以利用软件工具把 VHDL 源代码转换为文本方式表达的基本逻辑元件连接图，也称网表文件。这种方法是电路设计的一个极大进步，它使得硬件电路的设计可以采用编程的方法来实现。把 VHDL 源代码转换为网表文件的软件工具称为综合器，现在许多公司都开发了这样的综合器，第 2 章中介绍的 ALTERA 公司 Quartus Ⅱ 可编程逻辑器件集成开发软件中就包括了这样的综合器。

常用的 HDL 除了 VHDL 还有其他的形式，如 Verilog HDL，这种 HDL 也已经成为 IEEE 的标准。作为 HDL，它们都具有与具体硬件电路无关和与设计平台无关的特性，具有良好的电路行为描述和系统描述的能力，能从多个层次对数字电路和系统进行建模和描述。VHDL 和 Verilog HDL 也各有其特点。电路设计一般被分为 5 个层次：系统级、算法级、寄存器传输级、逻辑门级和电路级。VHDL 的抽象建模范围可以覆盖从系统级到逻辑门级，Verilog HDL 的抽象建模范围可以覆盖从系统级一直到电路级。VHDL 在建模范围方面不如 Verilog HDL，但是在系统级抽象建模方面要强一些，把 HDL 用于设计基于可编程逻辑器件的系统，VHDL 比较合适。

1993 年 IEEE 对 VHDL 进行了修订，从更高的抽象层次和系统描述能力上进行了扩展，公布了新的标准版本：IEEE Std 1076 – 1993。IEEE Std 1076 – 1987 和 IEEE Std1076 – 1993 并不完全兼容，本书的 VHDL 遵照 IEEE Std 1076 – 1993 标准。ALTERA 公司 Quartus Ⅱ 可编程逻辑器件集成开发软件对上述两种版本的标准都支持，在使用时必须进行人工选择。现在公布的最新 VHDL 标准版本是 IEEE Std 1076 – 2002。需要注意，VHDL 只能用来描述数字电路的行为，它不具备描述模拟电路的能力。

IEEE 建立的 VHDL（包括 Verilog HDL）标准主要目的是系统的文档表述、行为建模及其仿真，至于在电路设计方面，现在它并没有获得全面的支持。VHDL 综合器，例如，ALTERA 公司 Quartus Ⅱ 可编程逻辑器件集成开发软件中包括的综合器，就不能支持标准 VHDL 的全集（全部语句），只能支持其子集（部分语句）。不同的综合器所支持的 VHDL 子集也不完全相同。本书只介绍 ALTERA 公司 Quartus Ⅱ 可编程逻辑器件集成开发软件中综合器所支持的 VHDL 语句。

3.2 VHDL 程序的最简单结构

HDL 是数字电路的描述方法之一,它利用文本方式来描述电路输入和输出之间的关系。作为硬件描述语言的一种,由 VHDL 编写的源代码最终还必须转换为网表文件,这个转换工作是由计算机来完成的。设计由计算机进行处理的程序必须遵循严格的语法规则,因为计算机只是一种工具,它本身对人的描述没有理解能力。

3.2.1 VHDL 程序的基本格式

任意一种 HDL 的基本格式包括以下两个基本要素:
(1) 输入和输出的定义(输入和输出说明);
(2) 输出如何响应输入的定义(工作原理)。

图 3 - 1 给出一个利用电路符号来描述输入和输出之间关系的电路图。由于知道图中每个符号的含义,因此,通过观察符号的连接关系就能知道这个电路是如何工作的。图 3 - 1 的左边是输入单元,右边是输出单元,中间的符号确定了电路的工作原理,即确定输出如何响应输入的定义。

基于文本的 HDL,包括 VHDL,也必须包含同样的信息。所有 HDL 的通用程序格式如图 3 - 2 所示。

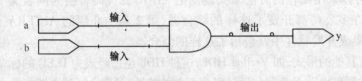

图 3 - 1 利用电路图描述输入和输出之间的关系   图 3 - 2 HDL 的程序格式

按照图 3 - 2 所示的 HDL 的通用程序格式,图 3 - 1 所示的电路图的 VHDL 程序示例如下。

程序示例 3 - 1:

```
--2 输入与门的 VHDL 描述
ENTITY and_gate IS              --定义程序名(实体)
PORT (a,b: IN  BIT;             --定义输入端口
      y: OUT BIT);              --定义输出端口
END and_gate;                  --实体结束语句
ARCHITECTURE first OF and_gate IS   --定义结构体
BEGIN                          --开始电路功能描述
  y < = a AND b;               --电路功能的具体描述
END first;                     --结构体结束语句
```

一个完整的 VHDL 程序称为设计实体。在程序示例 3 -1 描述的设计实体中,关键字 EN-TITY 指出设计实体的名称和对外接口。这里名称为 and_gate。关键字 ENTITY 采用大写,程序的名称为 and_gate 采用小写。建议在编辑 VHDL 程序时对关键字采用大写字母,设计者自己定义的设计实体名称以及后面出现的其他名称使用小写字母。这样的规定并不是强制性

的,只是为了便于阅读。关键字 ENTITY 也定义了设计实体的对外接口。

这个部分从 ENTITY and_gate IS 语句行开始,到 END and_gate;语句行结束。整个部分称为实体。程序示例 3－1 中,实体只对电路的输入和输出进行了定义,实体还可以定义其他项目。实体中利用关键字 PORT 定义了电路的输入/输出端口,具有同样模式和信号类型的端口可以写在一行,各个端口之间用逗号隔开。

例如:

```
a, b:    IN      BIT;
```

这里同时定义了两个端口,a 和 b。这两个端口的工作模式为输入,IN;传输的信号类型为 1 位数字信号,BIT。在程序编辑时,关键字和设计者自己定义的端口名称之间可以任意添加空格使得阅读更加方便。

关键字 ARCHITECTURE 定义的部分描述输出如何响应输入,这部分通常被称作结构体。一个设计实体只能有一个实体,但是可以有几个结构体,即使用几种方案实现一种电路目的。

例如:

```
ARCHITECTURE first OF and_gate IS
```

这条语句表示这个结构体属于实体 and_gate,结构体的名称是 first。结构体从关键字 AR-CHITECTURE 引导的语句行开始,到 END first;语句行结束。

在结构体中,从关键字 BEGIN 以后开始,到关键字 END 之间部分为结构体的描述,即电路功能的描述。在程序示例 3－1 中,电路的逻辑功能由一个布尔代数方程描述,它表明把输入信号 a 与(AND)输入信号 b 的结果赋值给(＜＝)输出信号 y。

在程序示例 3－1 中,由"--"开始的部分为程序注释。注释可以与某条语句同行,也可以独立成行。使用注释的目的是为了方便程序阅读。切忌有这样的想法:我是程序的唯一阅读者,我不会忘记自己编写的程序中语句的含义。一个好的注释记载了设计思想,同时它也可以方便别人阅读,方便互相交流。

3.2.2　VHDL 程序的仿真

程序示例 3－1 可以利用编译器来检查是否具有语法错误。为了达到这个目的,需要创建一个工程,并把 VHDL 程序文件加入到这个工程,这样就可以通过对文件的编译来实现语法检查。编译过程只检查了 VHDL 程序是否具有语法错误和所选择器件的资源是否满足设计要求,它并没有检查是否满足逻辑功能的要求。逻辑功能是否满足要求可以通过仿真器来检查,为此还需要建立一个仿真波形文件,并把需要观察的输入和输出节点加入波形编辑器,如图 3－3 所示。

在开始仿真之前必须加入仿真输入信号,在第 2 章学习了如何加入时钟信号,这里学习如何加入任意的输入信号。在图 3－3 所示的波形编辑器窗口左侧是波形编辑器工具条,在波形编辑器工具条单击图标 选择波形编辑工具,然后把光标移入波形编辑窗口,这时光标形状变为波形编辑工具的形状。在需要变为高电平的输入信号区域按住鼠标左键,然后拖动鼠标,就可以产生需要的高电平信号。在已经变为高电平的区域再次按住鼠标左键并且拖动鼠标可以使该区域变回到低电平状态。也可以单击图标 ,然后按下鼠标左键并且拖动鼠标在波形编辑器中选择需要编辑的区域,单击图标 ,则选中部分设置为高电平信号(或者是单击图标 ,将选中部分设置为低电平信号)。单击图标 ,再通过单击鼠标左键或者右键实现波形的

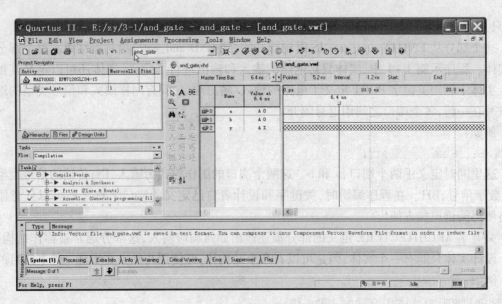

图 3 - 3 波形编辑器窗口

放大或者缩小,使仿真坐标处于适当的位置。

图 3 - 4 显示的是完成输入波形编辑和仿真的仿真器输出波形窗口,从这个窗口观察,似乎输出逻辑不满足要求。导致这种现象的原因是仿真时考虑了工程中选用器件的时间延迟。

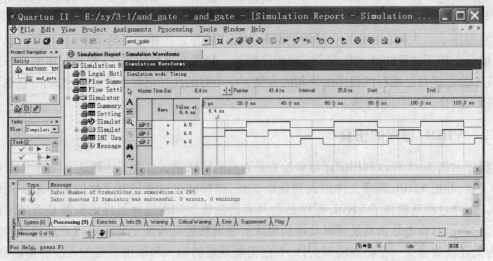

图 3 - 4 仿真器输出波形窗口

如果在 Quartus Ⅱ 集成开发软件的工作窗口选择 Edit→End Time... 改变仿真结束时间,使得输入信号的周期变长,如图 3 - 5 所示。

在图 3 - 4 中,输入信号 b 的周期为 20ns,在图 3 - 5 中,输入信号 b 的周期为 2.5μs。直观地看,图 3 - 5 中的输出随着输入的变化而立刻变化。事实上,这是一种假象,输出信号相对于输入信号的延迟依然存在,只是大的时间坐标掩盖了延迟时间。

可编程逻辑器件的延迟时间限制了输入信号的最高工作频率。选择具有较小的管脚延迟时间的器件可以在一定程度上克服延迟时间的影响。图 3 - 4 为可编程逻辑器件 EPM7128SLC84 - 15 的仿真结果,输出信号的变化滞后输入信号 15ns,如果采用可编程逻辑器

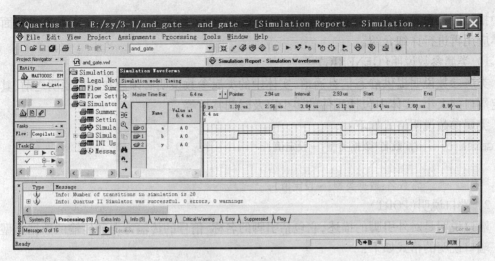

图 3-5　改变仿真结束时间后仿真器输出波形窗口

件 EPM7128SLC84-6,这个滞后时间约为 6ns。注意:改变器件以后必须重新编译才能再次进行仿真。

对于同一器件,通过改变编译设置也可以影响延迟时间。在 Quartus Ⅱ 集成开发软件的工作窗口利用菜单 Assignments→Sittings...→Analysis & Synthesis Settings 可以打开 Analysis & Synthesis Settings 设置对话框。这个对话框的 Optimization Technique 选择栏具有 Speed、Balanced 和 Area 3 项单选项目,其中 Speed 选项具有最小的延迟时间,Area 选项具有最大的器件资源利用率,Balanced 选项在延迟时间和器件资源利用率之间进行折中。

3.3　实　　体

3.3.1　实体的格式

VHDL 中实体的完整格式如下:

```
ENTITY 实体名 IS
[GENERIC （类属表）;]
[PORT （端口表）;]
[BEGIN
    实体语句部分;]
END [ENTITY] 实体名;
```

实体以语句 ENTITY 实体名 IS 开始,到语句 END [ENTITY]实体名;结束。实体可以用来给所设计的系统或者电路命名,给所设计的系统或者电路定义一个与其他模块进行通信的接口。它描述了一个系统或者电路的外观图。

实体中的类属说明 GENERIC 和端口说明 PORT 用来说明所设计的系统或者电路与其他模块通信的对象。类属说明提供静态信息通道,适用于规定端口的大小、实体中包括元件的多少以及时间特性等。端口说明是对外引脚的描述,它包括引脚的名称、信号的传输方向和传输的数据类型。实体语句部分定义实体接口中的公共信息。

上面给出的实体格式中的中括号所包含的部分为可选择部分。例如,在程序示例 3.1 中的实体部分只具有端口说明部分,不具有类属说明和实体语句部分,在实体结束语句中也省略了中括号所包含的部分。本节只涉及端口说明部分的详细描述,其他部分在本书的后面结合具体应用再进行详细介绍。

1)类属参数说明(GENERIC)

类属参数说明提供静态信息通道,实体中的类属参数说明必须放在端口说明之前,其用于规定端口的大小、实体中包括元件的多少以及时间特性等。

类属参数说明格式如下:

```
GENERIC      (常数名:数据类型: = 设定值;
                     …
             常数名:数据类型: = 设定值);
```

2)端口说明(PORT)

端口说明是对外引脚的描述,它包括引脚的名称、信号的传输方向和传输的数据类型。

端口说明的格式如下:

```
PORT(端口名,端口名 : 端口模式   数据类型;
             ⋮
     端口名,端口名 : 端口模式   数据类型);
```

当多个端口具有同样的端口模式和数据类型时,它们可以被写在一行,其间用逗号隔开,然后一起进行说明。例如:

```
a, b: IN   BIT;
```

这里 a 和 b 为端口名,也称标识符。IN 为端口模式。BIT 为端口传输的数据类型。下面分别对标识符、端口模式和数据类型的用法进行介绍。

3.3.2　VHDL 语言的标识符

标识符的用法规定了端口、结构体以及实体等命名的规则。IEEE Std 1076—1993 标准的标识符具有两种:短标识符和扩展标识符。前者为 IEEE Std 1076—1987 标准定义的标识符,后者仅为 IEEE Std 1076—1993 标准所扩展定义的标识符。

短标识符遵守的规则:

(1)标识符可以包括大写和小写的英文字母、数字(0~9)以及下划线(_);

(2)标识符必须以英文字母开始;

(3)下划线(_)的前后必须有字母或者数字;

(4)在综合以及仿真时,标识符中的大写和小写的英文字母不被区分;

(5)标识符不能使用 VHDL 语言的关键字,也称作为保留字。这些保留字如下:

```
ABS       DOWNTO  LIBRARY  POSTPONEDSRL
ACCESS    ELSE    LINKAGE  PROCEDURE  SUBTYPE
AFTER     ELSIF   LITERAL  PROCESS    THEN
ALIAS     END     LOOP     PURE       TO
ALL       ENTITY  MAP      RANGE      TRANSPORT
AND       EXIT    MODE     RECORD     TYPE
ARCHITECTURE  FILE    NAND  EEGISTER  UNAFFECTED
ARRAY     FOR     NEW      REJECT     UNITES
ASSERT    FUNCTION  NEXT   REM        UNTIL
BEGIN     GENERIC  NOT     RETURN     VARIABLE
```

```
BLOCK     GROUP  NULL  ROL     WAIT
BUFFER    IF     ON    SELECT  WHILE
BUS       IMPURE OPEN  SEVERITY WITH
CASE      IN     OR    SIGNAL  XNOR
COMPONENT INERTIAL OTHERS SHARED XOR
CONFIGURATION INPUT  OUT   SLA
CONSTANT  IS     PACKAGE SLL
DISTANT      LABLE PORT
```

扩展标识符遵守的规则:

(1) 扩展标识符必须使用反斜杠"\"来定界,如\and_gate\、\a\等;

(2) 反斜杠"\"之间的字符可以用数字开头;

(3) 扩展标识符可以包括短标识符不能使用的图形符号和空格符,如\% a\等;

(4) 扩展标识符中的大写字母和小写字母被区分;

(5) 扩展标识符中的字符可以使用 VHDL 的保留字。

3.3.3　端口模式

端口模式用来说明通过端口传输的数据或者信号的方向。端口模式包括输入(IN)、输出(OUT)、缓冲(BUFFER)和双向(INOUT),这 4 种端口模式与对应的硬件电路的关系如图 3-6 所示。

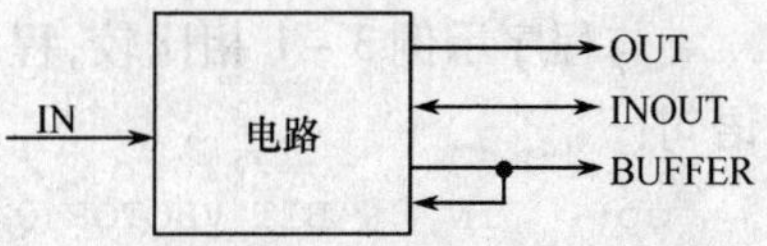

1) 输入模式

输入端口仅允许数据或者信号流入系统或者电路,不允许流出。输入模式主要用于时钟输入、控制信号输入以

图 3-6　端口模式对应的硬件电路

及单向数据或者其他信号的输入。硬件电路测试时暂时不用的输入端口一般需要接地,以免由于浮动引入噪声干扰。

2) 输出模式

输出端口仅允许数据或者信号流出系统或者电路,不允许流入。输出模式主要用于计数信号输出、单向数据输出以及所设计的系统或电路产生的其他控制信号输出。由于输出端口在实体内是不可读的,因此,输出端口的信号不能用作设计实体的内部反馈信号。硬件电路测试时暂时不用的输出端口禁止接地以避免当输出高电平时损坏器件。

3) 缓冲模式

缓冲端口与输出端口相类似,只是它在实体内是可读的,因此,这种端口的信号能用做设计实体的内部反馈信号。缓冲端口可以由其他设计实体的缓冲端口驱动,但是不允许多重驱动,也不允许与其他设计实体的输出端口和双向端口连接。

4) 双向模式

双向端口可以代替输入/输出端口以及缓冲端口,也就是这种端口即可以输入信号,也可以输出信号,而且端口的信号能用作设计实体的内部反馈信号。在一些设计实体的数据流中,例如,随机存取存储器的数据端口,数据的流向是双向的,既需要数据流入设计实体,也需要数据流出设计实体,这时需要使用双向端口。

双向端口可以代替其他端口,但是不建议这样做。具体原因是以下两点:首先使用双向端口比其他种类的端口要占用多的器件资源;其次通过把输入信号的端口定义为输入端口,把输出信号的端口定义为输出端口,把需要信号双向传输的端口定义为双向端口,这样从端口的模式,再结合端口的名称就可以更加方便地了解相关信号的用途、性质、来源以及去向。

3.3.4　端口的数据类型

IEEE Std 1076—1993 标准规定端口传输的数据类型包括以下 4 种:布尔型、位型、位矢量型和整数型。在程序示例 3 - 1 中,所设计电路的输入和输出端口的数据类型都采用了位型,这里介绍位矢量型数据类型的使用,其他两种以后结合具体应用实例再进行介绍。

程序示例 3 - 2:

```
--2 输入与门的 VHDL 描述
--位矢量型数据类型的使用
ENTITY  bitvector  IS                        --定义程序名(实体)
PORT   (ab:   IN   BIT_VECTOR(0 TO 1);       --定义输入端口
        y:    OUT   BIT);                     --定义输出端口
END   bitvector;                             --实体结束语句
ARCHITECTURE first OF bitvector IS           --定义结构体
BEGIN                                        --开始电路功能描述
    y < = ab(0) AND ab(1);                   --电路功能描述
END first;                                   --结构体结束语句
```

与程序示例 3 - 1 相比较,程序示例 3 - 2 所具有的不同地方有两点。第一点为端口定义语句:

```
ab:   IN   BIT_VECTOR(0 TO 1);
```

这条语句定义了一个传输位矢量型数据的端口,这个端口由 2 个独立传输位型数据的端口组成。如果需要分别对这 2 个独立传输位型数据的端口进行操作,它们的名称分别为 ab(0)和 ab(1)。

程序示例 3 - 2 的第 2 个不同点为结构体中的电路功能描述语句:

```
y < = ab(0)  AND  ab(1);
```

这里 ab(0)和 ab(1)分别为 2 输入与门的两个输入管脚,也就是位矢量中的两个元素。

前面描述了如何在 VHDL 程序仿真时加入单端的输入时钟信号和任意输入的数字信号,下面介绍最后一种输入信号的加入,即总线输入信号的加入。

在图 3 - 7 所示的波形编辑器窗口中,需要观察的输入和输出节点除过位型数据类型的节点 ab[0]、ab[1]和 y 以外,还有位矢量型数据类型的节点 ab。

位型数据类型的节点 ab[0]和 ab[1]是属于位矢量型数据类型的节点 ab 的两个元素,编辑位型数据类型的节点 ab[0]和 ab[1]或者编辑位矢量型数据类型的节点 ab 都可以实现输入信号的编辑。在对位矢量型数据类型的节点 ab 进行编辑时,首先单击图标 ,然后把光标移入波形编辑窗口,在需要进行编辑的区域起点按住鼠标左键,拖动鼠标到需要进行编辑的区域终点完成编辑区域的选择。完成选择的编辑区域变蓝,在这个区域单击鼠标右键打开快捷菜单,选择 Value→Arbitrary Value... 可以打开如图 3 - 8 所示的"数据输入"对话框,也可以单击图标 来打开"数据输入"对话框。

"数据输入"对话框 Radix 框用来选择选择数据表述方式。Numertc or named 文字输入框用来输入数据,例如,输入二进制数据 01,然后单击 OK 按钮就可以获得如图 3 - 7 所示的输入信号。由于节点 ab[0]和 ab[1]是属于位矢量型数据类型节点 ab,当节点 ab 的数据发生变

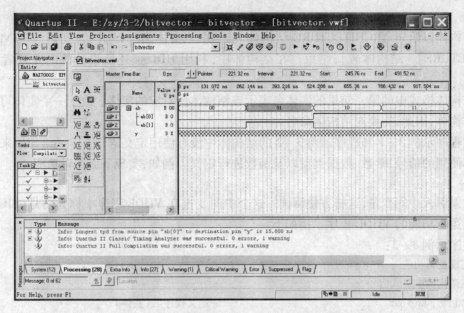

图 3-7　程序示例 3-2 的波形编辑器窗口

化,节点 ab[0]和 ab[1]的数据同时发生变化。

　　为了进一步方便观察,波形编辑器窗口中的标尺单位也可以改变。在 Quartus Ⅱ 集成开发软件的工作窗口选择 Edit→Grid Size... 可以打开如图 3-9 所示的 Grid Size 对话框。在对话框中的 Period 栏中,利用文本输入框可以输入标尺的数值,并且选择相应的时间单位。

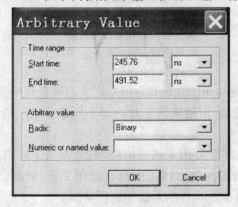

图 3-8　"数据输入"对话框

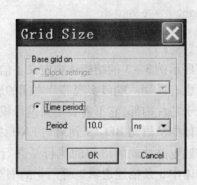

图 3-9　Grid Size 对话框

3.4　结　构　体

　　VHDL 语言结构体的完整格式如下:

```
ARCHITECTURE    结构体名  OF  实体名  IS
[定义语句]
BEGIN
[并行语句 1;]
[并行语句 2;]
[…]
```

END ［ARCHITECTURE］［结构体名］；

结构体以语句 ARCHITECTURE 结构体名　OF　实体名　IS 开始，到语句"END ［AR-CHITECTURE］［结构体名］；结束。在结构体中，利用 HDL 描述所设计的电路或者系统的功能。

结构体格式中的第一句里的实体名表示该结构体所对应的实体。由于一个实体可以具有多个结构体，因此，需要对结构体命名。

在程序示例 3-1 和程序示例 3-2 的结构体中没有使用定义语句。定义语句用来对结构体内部使用的信号、常数、数据类型以及函数进行定义。例如，实现下面逻辑功能：

y = （a·b）+ （c·d）

如果引入中间变量，这将方便阅读。这个中间变量在 VHDL 程序中称为信号（SIGNAL）。实现该逻辑功能的 VHDL 程序示例如下。

程序示例 3-3：

```
--实现逻辑功能 y = （a·b）+ （c·d）
--在结构体中引入信号
ENTITY  and_or  IS                        --定义程序名(实体)
PORT(a, b, c, d:  IN  BIT;                 --定义输入端口
     y:          OUT BIT);                --定义输出端口
END  and_or;                              --实体结束语句
ARCHITECTURE first OF and_or IS           --定义结构体
SIGNAL  and1, and2: BIT;                   --定义结构体中的信号
BEGIN                                      --开始电路功能描述
    and1 < = a AND b;                      --实现输入 a 和 b 的与运算
    and2 < = c AND d;                      --实现输入 c 和 d 的与运算
    y < = and1 OR  and2;                   --实现信号 and1 和 and2 的或运算
END first;                                 --结构体结束语句
```

在程序示例 3-3 的结构体中定义了信号 and1 和 and2。信号定义和端口说明类似，但是它们之间也有区别。端口实现芯片之间的通信，信号实现芯片内部不同部分之间的通信。由于信号处于芯片内部，它不需要定义信号模式。

结构体中从语句 BEGIN 到语句 END 之间部分用来描述电路功能，即描述输出如何响应输入。描述电路功能的语句的执行是并行的，各个语句之间没有顺序关系，例如，程序示例 3-3结构体中 3 条描述逻辑运算语句的书写顺序不影响系统的逻辑功能。

VHDL 中的并行描述语句具有多种。程序示例 3-3 中的 3 条描述语句都是并行简单信号赋值语句。VHDL 也有顺序描述语句，这些顺序描述语句是按书写顺序执行的。顺序描述语句存在于并行描述语句中，例如，进程语句 PROCESS。

3.5　VHDL 程序的结构

3.5.1　VHDL 程序的基本单元

VHDL 程序的结构由结构体、实体、配置（CONFIGURATION）、程序包（PACKAGES）和库（LIBRARIES）组成。在一个具体的应用程序中，最基本的部分为实体和结构体。

在应用程序中，实体是唯一的，结构体可以具有多个。在具有多个结构体的情况下，具体

使用哪一个结构体需要指定。配置可以用于描述实体与结构体之间的连接关系,设计者可以利用配置为实体选择不同的结构体。在设计的仿真中,利用配置选择不同的结构体进行性能对比以获得最佳的设计结果。

为了提高设计效率以及使设计遵循某些统一的语言标准和数据格式,有必要把一些资料汇集起来以供设计者使用。这些资料包括预先定义好的数据类型,已经完成的设计实体等。供设计者调用的资料,其组织采用程序包和库的方式。

在一个设计实体中定义的数据类型、子程序等对于其他设计实体是不可以直接使用的,但是可以把它们收集在一个程序包中,多个程序包再收集在一个库中,使它们适用于一般的访问或者调用。采用库和程序包这种组织和管理方式对于需要多个设计者参与的大系统开发非常合适。

对于一个初学者,先不考虑如何实现多个结构体与实体之间的配置,也不考虑如何建立可供其他设计者使用的程序包和库,但要使用提供给我们的各种设计资源,即学习如何使用已经存在的库和程序包。

3.5.2 VHDL 库

VHDL 的库分为两类。第一类是设计者自己的仓库,被称为工作库(WORK)。设计者设计的项目成品、半成品都放在其中。第二类为开发系统提供给用户使用的常规元件和标准模块所存放的资源库。常用的资源库有 STD 库和 IEEE 库。

1. STD 库

STD 库包含两个 VHDL 定义的标准程序包:STANDARD 程序包和 TEXTIO 程序包。STANDARD 程序包中定义了许多数据类型、子类型和函数,例如,在本章前面程序示例中出现的端口数据类型。TEXTIO 程序包定义了支持文件操作的一些类型和子类型。

2. IEEE 库

IEEE 库包含 IEEE 标准的程序包和支持标准的程序包,前者包括 STD_LOGIC_1164、NUMERIC_BIT 和 NUMERIC_STD 等程序包,后者包括 STD_LOGIC_ARITH、STD_LOGIC_SIGNED 和 STD_LOGIC_UNSIGNED 等程序包。

STD_LOGIC_1164 程序包也包含了一些数据类型、子类型和函数的定义。这些定义扩展了 STD 库中 STANDARD 程序包的定义,除了支持逻辑量 0 和 1 这两种状态,还支持如高阻状态(Z)和不定状态(X)等。相对于数据类型 BIT 和 BIT_VECTOR,这个程序包支持的数据类型 STD_LOGIC 和 STD_LOGIC_VECTOR 获得更加广泛的使用。

STD_LOGIC_ARITH 程序包在 STD_LOGIC_1164 程序包基础上扩展了 3 个数据类型:UNSIGNED、SIGNED 和 SMALL_INT,并为其定义了相关的算术运算符和数据类型转换函数。

STD_LOGIC_SIGNED 和 STD_LOGIC_UNSIGNED 程序包定义了用于 INTEGER、STD_LOGIC 和 STD_LOGIC_VECTOR 型数据混合运算的运算符,并定义了一个从 STD_LOGIC_VECTOR 型数据到 INTEGER 型数据的转换函数。

3. 库的使用

在 VHDL 中,库的说明语句需要放在实体单元的前面,这样设计实体内的语句就可以使用库中定义的数据和文件。VHDL 一个设计实体可以同时打开多个库。使用某种库资源的时候,利用关键词 LIBRARY 指定库名,同时打开库;利用关键词 USE 指定相应的程序包,同时打开程序包。使用库的完整格式如下:

```
LIBRARY 库名;
USE    库名.程序包名.项目名;
```

例如,需要使用数据类型 STD_LOGIC。这个数据类型在 IEEE 库的 STD_LOGIC_1164 程序包的 STD_LOGIC 数据类型项目说明中定义。在使用前这个项目必须打开使得设计实体中可以使用,打开这个项目的具体语句如下:

```
LIBRARY ieee;
USE ieee.std_logic_1164.std_logic;
```

由于程序包中具有许多项目,为了简化起见可以使用关键词 ALL 代替具体的项目名。这时使用库的完整格式如下:

```
LIBRARY 库名;
USE 库名.程序包名.ALL;
```

关键词 ALL 的使用使得指定库中的指定程序包的所有内容向当前的设计实体开放。同样在需要使用数据类型 STD_LOGIC,现在可以使用以下语句:

```
LIBRARY ieee;
USE ieee.std_logic_1164.ALL;
```

STD 库属于 VHDL 的标准库,符合语言标准。该库的 STANDARD 程序包在 VHDL 应用环境中可以随时调用,不必进行说明,也就是下面的语句是不必要的。

```
LIBRARY std;
USE std.standard.ALL;
```

STD 库的 TEXTIO 程序包主要供仿真器使用,这个程序包使用前需要进行说明,即需要加语句:

```
USE std.textio.ALL;
```

设计者自己的工作库存放使用 VHDL 设计的项目成品和半成品,它自动满足 VHDL 标准,因此,在编程中也不需要说明。基于 VHDL 的设计采取项目管理,建立项目前还需要为其创建一个文件夹,VHDL 综合器将这个文件夹默认为工作库。工作库并不是这个文件夹,它是一个逻辑名。VHDL 标准规定工作库总是可见的,因此,在编程中不需要打开。

除了上面描述的资源库,STD 库和 IEEE 库,许多公司还提供其他资源库,例如,ALTERA 公司在 Quartus Ⅱ 集成开发软件中提供 PRIM 库、MF 库、EDIF 库以及 MEGA_LPM 库。另外,用户也可以自己定义一些库,把自己的设计或者通过交流获得的资料放进去。

3.5.3　STD_LOGIC 数据类型

VHDL 在 STD 库中预定义了位(BIT)数据类型,它的取值为 1 或者 0,因此,可以用来描述数字信号,例如,在本章前面程序举例中的端口就采用了这种数据类型。位数据类型不存在不定状态(X),所以不便于仿真;它也不存在高阻状态(Z),因此也不能用它来描述双向数据总线。

IEEE 库的 STD_LOGIC_1164 程序包中定义了 STD_LOGIC 数据类型,通常称为标准逻辑位。这种数据类型具有 8 种状态,这 8 种状态如下:

'1'——"强"1(综合后为 0)。

'0'——"强"0(综合后为 0)。

'z'——高阻状态(综合后为三态缓冲器)。

'x'——"强"不确定值。

'-'——不可能出现的情况(类同于卡诺图中使用的无关项)。

'w'——"弱"不确定值。

'L'——"弱"0。

'H'——"弱"1。

虽然 STD_LOGIC 数据类型具有 8 种状态,但是综合器只支持"X"、"0"、"1"和"Z"这 4 种状态。另外,就像多个位类型数据可以用位矢量(BIT_VECTORY)类型数据来表达,多个标准逻辑位(STD_LOGIC)类型数据可以用标准逻辑位矢量(STD_LOGIC_VECTORY)类型数据来表达。程序示例 3-4 描述了标准逻辑位类型数据和标准逻辑位矢量类型数据的使用,同时也描述了如何在设计实体中给端口赋值。

程序示例 3-4:

```
--标准逻辑位数据和标准逻辑位矢量型数据类型的使用
--设计实体中给端口赋值
LIBRARY ieee;                              --打开 IEEE 库
USE  ieee.std_logic_1164.ALL;              --打开 IEEE 库中 STD_LOGIC_1164
                                           --程序包的所有项目

ENTITY   stdlogic   IS                     --定义程序名(实体)
PORT (a,b:    IN std_logic;                --定义输入端口
      x,y,z :  OUT  std_logic;             --定义输出端口
  xyz:  OUT  std_logic_vector(1 DOWNTO 0));--定义输出端口
END  stdlogic;                             --实体结束语句
ARCHITECTURE first OF stdlogic IS          --定义结构体
BEGIN                                      --开始电路功能描述
  x <= a AND b;                            --输入端口 a 和 b 相与赋予输出端口 x
  y <= '1';  z <= 'Z';                     --使输出端口 y 为高电平,z 为高阻
  xyz <= "01";                             --使输出端口 xyz[1]为低电平,
                                           --xyz[0]为高电平
END first;                                 --结构体结束语句
```

在程序示例 3-4 中,由于需要使用 STD_LOGIC 数据类型,所以打了 IEEE 库中 STD_LOGIC_1164 程序包的所有项目。向输出端口 Y 赋"1"使其输出高电平,向输出端口 Z 赋"Z"使其成为高阻端口,注意必须使用大写字母 Z。向端口 XYZ 赋"01",使得 xyz[1]为低电平,xyz[0]为高电平。程序示例 3-4 的仿真波形如图 3-10 所示。

VHDL 编程中,单个数字或者字符使用单引号,数字串或者字符串使用双引号。多条语句可以写在一行里。由于在实体中端口 XYZ 的说明时使用了关键字 DOWNTO,所以 xyz[1]对应向端口 XYZ 进行赋值的数字串左边的一位。如果端口 XYZ 的说明使用下面语句:

```
xyz: OUT    std_logic_vector(0 TO 1);
```

xyz[0]对应向端口 XYZ 进行赋值的数字串左边的 1 位。

小　　结

VHDL 程序包括库、程序包、实体、结构体和配置 5 部分,在编写的程序中,实体和结构体这两个部分是必须存在的。实体描述了设计实体的外观,提供了设计实体与其他系统的通信接口。结构体描述了设计实体的工作原理,即确定输出如何响应输入。VHDL 以程序包的形

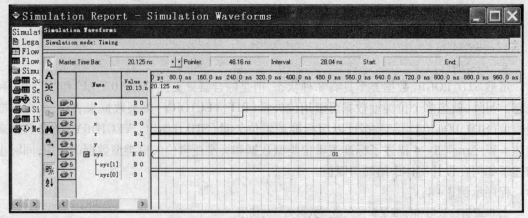

图 3 – 10　程序示例 3 – 4 的仿真波形

式向使用者提供了大量的设计工具和设计参考,多个程序包以库的形式进行保存。

　　IEEE 库不属于 VHDL 的标准库,但是使用该库提供的设计工具和设计参考可以方便设计,同时也提高系统功能。本章介绍了在 IEEE 库中定义的标准逻辑数据类型的使用。

　　电子设计自动化的优点之一就是它的仿真能力。借助这个功能,设计者可以在硬件电路调试之前就克服许多设计缺陷。本章进一步介绍了一些仿真工具的使用,各种形式的仿真输入信号的加入,仿真波形的调整。

习　　题

　　3.1　使用不同速度等级的器件对程序示例 3 – 1 所示的程序进行编译,记录不同速度等级的器件所产生的输出信号相对于输入信号的延迟时间。使用任意一种器件,分别采用 Speed、Balanced 和 Area 编译设置,记录不同编译设置所产生的输出信号相对于输入信号的延迟时间。

　　3.2　利用程序示例 3 – 2,分别使用关键字 TO 或者 DOWNTO 定义端口,观察以位矢量数据描述的端口中各个单独位端口的排列顺序。

　　3.3　利用程序示例 3 – 4,学习 VHDL 程序中库和程序包的使用,在仿真图中观察可以被综合器支持的"X"、"0"、"1"和"Z"这 4 种状态的显示形式。

　　3.4　仿照程序示例,编写一个完成 2 个输入信号或运算的设计实体,完成该设计实体的编译和仿真。

　　3.5　编写一个能够完成第 1 章给出的交通灯布尔表达式:

$$Y_{东西-绿灯} = \overline{X_3}\,\overline{X_2} + \overline{X_3}\,\overline{X_1} + \overline{X_3}\,\overline{X_0}$$

描述的逻辑功能的设计实体,在设计实体中引入信号来简化程序编写。完成该设计实体的编译和仿真。

第4章　并行语句

目　标

通过本章的学习,应掌握以下知识:

- 数据类型
- VHDL 的运算符
- 逻辑运算的优先级
- 并行语句的种类
- 简单信号赋值语句
- 选择信号赋值语句
- 条件信号赋值语句
- 基于逻辑表达式的电路功能描述
- 基于真值表的电路功能描述
- 利用赋值语句实现标准逻辑器件中的中规模组合电路

引　言

计算机高级语言程序是由各种具有不同功能的语句组成,VHDL 程序也是由各种具有不同功能的语句组成,但它们之间还是有区别的。这个区别体现在语句的执行过程中。计算机高级语言程序中的语句是逐句执行,一次只能执行一句;VHDL 具有并行语句,程序中的并行语句可以同时执行,一次可以执行多条语句。

VHDL 的语句包括并行语句和顺序语句。并行语句可以同时执行,顺序语句和计算机高级语言中的语句一样只能按书写顺序执行。本章只讨论并行语句,顺序语句将在下一章中讨论。硬件描述语言除了用来设计电路,它还被用来建立描述系统的标准文档和系统功能的模拟,因此近有部分语句获得把程序转换为硬件网表文件的综合器的支持。本书只讨论可以被综合的 VHDL 语句。

按照是否具有记忆能力,数字电路被分为组合电路和时序电路。前者的输出仅取决于电路当前的输入;后者的输出不仅与当前的电路输入有关,而且还与电路以前的输入有关。并行语句可以同时执行,与语句的书写顺序无关,因此我们只能用它实现组合电路。顺序语句的执行取决于书写顺序,它们可以实现时序电路,当然它们也可以实现组合电路。

59

4.1 数 据 类 型

4.1.1 预定义的数据类型

在 IEEE Std 1076 和 IEEE Std 1164 定义了一系列数据类型。下面介绍这些被预定义的数据类型以及它们的声明和赋值方法。

(1) STD 库的 STANDARD 包集预定义了位(BIT)、布尔(BOOLEAN)、整数(INTEGER)和实数(REAL)数据类型。

位数据类型有 2 种取值:0 和 1。多个位数据类型的数据可以用位矢量(BIT_VECTOR)数据类型来表示。这两种数据类型的信号可以用下面方式声明:

```
SIGNAL x: BIT;                      --将 x 声明为位数据类型的信号
SIGNAL y: BIT_VECTOR(3 DOWNTO 0);   --将 y 声明为位矢量数据类型的
                                    --信号,位宽 4 位,最左边的 1 位是最高位(MSB)
SIGNAL z: BIT_VECTOR(0 TO 3);       --将 z 声明为位矢量数据类型的
                                    --信号,位宽 4 位,最右边的 1 位是最高位
```

位数据类型和位矢量数据类型的信号可以用下面方式赋值。

```
x <= '1';           --位数据类型的值应放在单引号中
y <= "1000";        --位矢量数据类型的值应放在双
                    --引号中,这里 MSB = '1'
z <= "1110";        --这里 MSB = '0'
y <= X"8";          --采用十六进制
y <= O"10";         --采用八进制
```

布尔数据类型只有 2 种取值:真和假。条件语句中的条件表达式的运算结果就属于布尔数据类型。例如:

```
IF ( x > y ) THEN…
```

整数数据类型的取值范围为 $-2\ 147\ 483\ 647 \sim 2\ 147\ 483\ 647$,用二进制来表示将具有 32 位。

```
SIGNAL a: INTEGER RANGE 0 TO 15;
```

这里声明了一个整数数据类型的信号。注意,在声明整数数据类型的信号时必须限制取值范围以方便电路的综合。在上面声明的整数数据类型的信号由 RANGE 0 TO 15 限制信号的取值范围为 $0 \sim 15$。

```
a <= 13;
```

向整数数据类型的信号赋值时,注意数值不用引号。

实数的取值范围为 $-1.0E38 \sim +1.0E38$。ALTERA 公司 Quartus Ⅱ可编程逻辑器件集成开发软件中包括的综合器不支持实数数据类型。

(2) IEEE 库的 STD_LOGIC_1164 包集预定义了 STD_LOGIC 和 STD_ULOGIC 数据类型。

在第 3 章介绍了 STD_LOGIC 数据类型,这是一种多值逻辑数据类型,它具有"X"、"0"、"1"、"Z"、"W"、"L"、"H"和"－"8 种可取的值。STD_ULOGIC 数据类型也是一种多值逻辑数据类型,它在 STD_LOGIC 数据类型的 8 种可取值的基础上增加了一个表示初始不定值"U",因此这种数据类型具有 9 种可取的值。

上述多种逻辑值中只有"0"、"1"和"Z"这 3 种逻辑值可以综合,其他的逻辑值只能用于仿真。定义多种逻辑值是为了对两个或者两个以上的数字逻辑电路的输出端连接在一个节点时可能出现的情况进行分析。当两个数字逻辑电路的输出端连接在一个节点时,这个节点的具体值将不仅与两者当前的输出值有关,还与两者的驱动能力有关。驱动能力强的电路可以强行将节点电平拉高或拉低。2 个 STD_LOGIC 数据类型信号接在同一个节点上最终节点电平的取值如表 4-1 所列。

表 4-1　　STD_LOGIC 数据类型数值关系表

	X	0	1	Z	W	L	H	-
X	X	X	X	X	X	X	X	X
0	X	0	X	0	0	0	0	X
1	X	X	1	1	1	1	1	X
Z	X	0	1	Z	W	L	H	X
W	X	0	1	W	W	W	W	X
L	X	0	1	L	L	L	L	X
H	X	0	1	H	H	H	H	X
-	X	X	X	X	X	X	X	X

STD_ULOGIC 数据类型比 STD_LOGIC 数据类型多一个表示初始不定值'U',但是它没有指定两个信号连接在同一个节点上发生冲突后的逻辑值,因此,STD_ULOGIC 数据类型的信号要避免多个信号连接在一个节点上。在保证不会出现多个 STD_ULOGIC 数据类型的信号连接在一个节点的条件下,这种 9 值逻辑系统也可以用来检测设计可能发生的错误。

像位数据类型信号一样,多位 STD_LOGIC 数据类型或者 STD_ULOGIC 数据类型可以用 STD_LOGIC_VECTOR 数据类型或者 STD_ULOGIC_VECTOR 数据类型这样的矢量数据类型来表示。信号的声明和赋值举例如下:

```
SIGNAL x: STD_LOGIC : = '1';              --将 x 声明为 STD_LOGIC 信号,并赋初值'1'
SIGNAL y: STD_LOGIC_VECTOR(0 TO 7);       --将 y 声明矢量数据类型, 位宽为 8 位
y < = "10101010";                         --在向信号 y 赋值
```

注意向信号赋值用"< =",赋初值用": ="。综合器不支持信号赋初值。

(3) IEEE 库的 STD_LOGIC_ARITH 包集预定义了有符号数(SIGNED)和无符号数(UN-SIGNED)数据类型。这两种数据类型的声明和赋值举例如下:

```
SIGNAL x: SIGNED(3 DOWNTO 0);            --声明信号 x 为有符号数(SIGNAL)数据类型
SIGNAL y: UNSIGNED(3 DOWNTO 0);          --声明信号 y 为无符号数(UNSIGNAL) 数据类型
x < = "0101";                            --向有符号数信号 x 赋十进制数 5
y < = "0101";                            --向无符号数信号 y 赋十进制数 5
x < = "1101";                            --向有符号数信号 x 赋十进制数 -3
y < = "1101";                            --向无符号数信号 y 赋十进制数 13
```

有符号数和无符号数的语法结构与整数的语法结构不同,它和 STD_LOGIC 和 STD_UL-OGIC 数据类型相似,但是有符号数和无符号数都支持算术运算,不支持逻辑运算,这点又与整数相同。

4.1.2　数据类型转换

不同类型的数据不能直接进行运算,包括算术运算或逻辑运算。当不同类型的数据需要

进行运算时,它们需要进行数据类型的转换操作。有两种常用的方法可以实现数据类型的转换:一种方法是写一段专门用于数据类型转换的 VHDL 代码;另一种方法是调用预定义的数据类型转换函数。

IEEE 库的 STD_LOGIC_ARITH 包集预定义了如下所示的数据类型转换函数:

(1) conv_integer(p):将数据类型为 INTEGER、UNSIGNED、SIGNED、STD_ULOGIC 或 STD_LOGIC 数据类型的操作数"p"转换成 INTEGER 数据类型的操作数。注意,这里操作数"p"不能是 STD_ULOGIC_VECTOR 或者 STD_LOGIC_VECTOR 形式。

(2) conv_unsigned(p,b):将数据类型为 INTEGER、UNSIGNED、SIGNED 或 STD_ULOGIC 数据类型的操作数"p"转换成为位宽为"b"的 UNSIGNED 数据类型的操作数。

(3) conv_signed(p,b):将数据类型为 INTEGER、UNSIGNED、SIGNED 或 STD_ULOGIC 数据类型的操作数"p"转换成为位宽为"b"的 SIGNED 数据类型的操作数。

(4) conv_std_logic_vector(p,b):将数据类型为 INTEGER、UNSIGNED、SIGNED 或 STD_LOGIC 数据类型的操作数"p"转换成为位宽为"b"的 STD_LOGIC_VECTOR 数据类型的操作数。

IEEE 库还提供了 STD_LOGIC_SIGNED 和 STD_LOGIC_UNSIGNED 两个包集。在打开这两个包集以后,VHDL 代码中的 STD_LOGIC_VECTOR 数据将可以像有符号数(UNSIGNED)和无符号数(SIGNED)一样进行算术运算,同时,STD_LOGIC_VECTOR 数据还可以进行逻辑运算。

4.2 VHDL 的运算符

运算符也称操作符,与其他的程序设计语言一样,VHDL 也是利用运算符连接操作数来形成表达式。这里操作数是运算的对象,运算符规定了运算的方式。VHDL 具有 6 种类型的运算符:赋值运算符、逻辑运算符、算术运算符、关系运算符、移位运算符和并置运算符。

4.2.1 赋值运算符

赋值运算符用来向信号(SIGNAL)、变量(VARIABLE)和常量(CONSTANT)赋值。赋值运算符包括以下 3 种:

< = ── 用于对信号赋值;

: = ── 用于对变量和常量赋值,也可以对信号、变量和常量赋初值。需要注意,综合器不支持赋初值;

= > ── 向矢量数据中的位进行赋值。

下面举例介绍赋值运算符的使用。首先对信号和变量进行声明,并且对它们赋初值。

```
SIGNAL x: STD_LOGIC_VECTOR(3 DOWNTO 0) : = "1000";
VARIABLE y: STD_LOGIC_VECTOR(3 DOWNTO 0) : = "1000";
```

接着向它们进行赋值:

```
x < = "0001";                          --向信号 x 赋值"0001"
x < = ( 0 = > '1', OTHER = > '0');     --向信号 x 赋值"0001"
y : = "0001"                           --向变量 y 赋值"0001"
y : = ( 0 = > '1', OTHER = > '0');     --向变量 y 赋值"0001"
```